마부

러시아 고전산책 06

마부

초판 1쇄 발행일 2014년 1월 7일
지은이 막심 고리키 | **옮긴이** 이수경 | **펴낸이** 박진숙 | **펴낸곳** 작가정신
책임편집 김종숙 | **편집** 황민지 | **디자인** 정인호
마케팅·홍보 안치환 지혜 | **디지털콘텐츠** 김영란 | **재무** 윤서현
인쇄·제본 한영문화사

주소 413-782 경기도 파주시 문발로 207 2층
전화 02 335 2854 | **팩스** 031 944 2858 | **이메일** editor@jakka.co.kr
홈페이지 www.jakka.co.kr | **출판등록** 1987년 11월 14일 제1-537호

ISBN 978-89-7288-520-7 03890

이 도서의 국립중앙도서관 출판시도서목록(CIP)은 서지정보유통지원시스템 홈페이지
(http://seoji.nl.go.kr)와 국가자료공동목록시스템(http://www.nl.go.kr/kolisnet)에서 이용
하실 수 있습니다. (CIP제어번호 : CIP2013027151)

마부

막심 고리키 지음 | 이수경 옮김

Извозчик

Максим Горький

작가
정신

일러두기

이 책은 M. Горький. Полное собрание сочинений в двадцати пяти томах (Москва, 1968) 중 제
1권의 「이제르길 노파Старуха Изергиль」, 제2권의 「마부Извозчик」, 「종Колокол」, 「푸른 눈의 여
인Женщина с голубыми глазами」, 「아쿨리나 할머니Бабушика Акулина」, 「지난해Старый Год」,
제3권의 「환영Наваждение」, 「로맨스Роман」, 「아름다움Красота」, 「시간Часы」을 온전히 옮긴 것
이다.

차례

마부.

크리스마스 주간에 관한 이야기

크리스마스 전의 시끌벅적함, 쓸고 닦고 청소하며 돈을 쓰는 나날들. 크리스마스에 드는 사소하고 잡다한 비용들은 월급쟁이의 주머니를 깨끗하게 비워버리기 일쑤이다. 몹시 바쁜 며칠 동안 파벨 니콜라예비치의 연약한 신경은 지칠 대로 지쳐 있었다. 크리스마스 아침에 눈을 뜨자마자 그는 몸 상태가 좋지 않음을 느꼈다. 정신없이 북적대는 이런 형식적인 행사에 휴식과 축일의 시간을 낭비해야 한다는 생각에 분이 치밀었다. 이런 일에 무슨 대단한 의미라도 있는 양 부산을 떠는 아내에게도 화가 났고, 잠시 한눈을 팔면 미친 듯이 떠드는 아이들에게도 역정이 났다. 많은 일거리에 지쳤을 테지만 당연히 해야 할 일을 하지 않는 하인들에게도 부아가 돋았다.

그는 이 '바보 같은 번잡함'에서 벗어나기를 원했지만 이 때문에 아내와 다퉈야 했다. 아내와 스스로를 달래고 축일을 준비하기 위해 그는 분주히 돌아다녀야 했다. 가게에 들르고, 아이들을 위해 전나무를 사러 시장에 가고, 식탁에 놓을 꽃을 사기 위해 온실로 뛰어다녔다. 오후 다섯 시쯤 완전히 노곤해진 상태로 대충 점심을 먹은 그는 가슴속에 알지 못할 슬픔을 담은 채 잠시 쉬었다. 방문을 꼭 닫은 뒤 그는 아내의 침대 자리에 누웠다. 그리고 양손을 머리 위에 올리고 멍하니 천장을 쳐다보았다.

성상 앞에 불타고 있는 램프에서 흘러나오는 부드러운 빛이 깨끗하고 안락한 침실을 가득 채우고 있었다. 마루와 벽에도 부드러운 그늘이 드리워져 흔들리고 있었다. 눈 위에서 썰매 타는 소리, 외치는 소리, 쿵쾅거리는 소리가 거리에서 들려왔으나 이 소리들 역시 부드러운 자장가처럼 들렸다.

"에이, 콜랴! 제발 그만두지 못해!"

'아내가 아들놈에게 지르는 소리이다. 아마 아들놈은 아무 일도 안 저질렀는데 아내가 피곤해서 고함을 치는 것일 게다. 우리들 자신이 아직 제대로 된 교육을 받지도 못했는데, 아이들의 교육에 대해서 왈가불가한다는 건 우스운 일이지'라고 파벨 니콜라예비치는 생각했다.

'나 역시 근래에 아내에게 소리치기 시작했다……. 짐승 같은 일이다! 그러나 그녀는 내가 과도하게 흥분해서 신경질을 부리는 거라고 생각한다. 몸 상태가 안 좋을 때 신경질을 부리는 것은 당연한 일이다. 한 달에 수백 루블을 벌기 위해 끊임없이 일하면서도 자신의 수많은 욕구를 충족시키지 못하는데, 건강까지 챙겨야 한다는 것은 현대인에게 힘에 벅찬 일이다. 더 나은 미래에 대한 희망이 있을 때는 인내할 수 있다. 그러나 이 모든 것이 얼마나 바보 같고, 하찮은, 저속한 짓인가! 그런데 삶이란 바로 이런 사소한 것이다. 먹기 위해 일하고, 내일 다시 일하기 위해 먹는 것이다. 가족. 누군가는 가난한 사람의 결혼을 법적으로 금지하자고 제안했다. 의심할 여지 없이 그는 동정심이 많은 사람이다. 나는 내 월급으로 가족에게 무엇을 해줄 수 있는가? 아내에게 멋진 물건을 사줄 수도, 아이들에게 훌륭한 교육을 받게 할 수도 없다. 모든 것은 바보 같은 일이다! 인간의 욕망은 자신의 능력을 넘어서기 때문에 더욱더 어리석은 일이다. 부를 공정히 배분한다 해도 우리의 삶에서 허영심을 근절하기 전에는 그 욕망을 완전히 뿌리 뽑을 수 없다. 왜 이런 생각을 하는 건가? 술에 취하면 몸이 나른해지듯이 아주 이상야릇한 버릇이다!'

그는 옆으로 돌아누워 베개를 바로잡고 십자가처럼 양팔을 교차시키고 눈을 감았다.

얼마 전에 시장에서 집으로 돌아오던 마차 안에서 마부와 나눴던 대화가 생각났다. 누더기를 걸친 마부는 허약하고 어딘지 모르게 불행하며, 침울하고 피곤에 지쳐 보이는 왜소한 남자였다.

"몇 년 전에 제가 그렇게 편안한 생활을 했었다는 게 믿기지 않네요. 그럼요! 얼마나 좋았는지 모릅니다! 당시 저는 여상인 카피톨리나 페르토브나 자메토바의 집에서 수위 노릇을 하고 있었지요. 들어보셨나요? 그 집에서의 생활은 아주 훌륭했습니다. 할 일이 거의 없었지요. 할 일이 없다 보니 이런저런 생각이 들었지요……. 어떤 생각이냐고요? 뭐, 그냥…… 당연한……. 올바른 눈으로 세상을 보면 아무런 생각도 나지 않을까요? 악마가 문제지요. 나리가 뭔가 하려고 하면 악마란 놈이 나쁜 짓을 부채질하지요. 그래서 나리는 목표를 잃고 정도에서 벗어나 방황하게 되죠. 마치 무언가를 찾듯이 말입니다. 그런데 무엇을 찾아야 할까요? 제일 먼저 자기 자신을 찾아야 합니다. 다시 말해 삶을 받아들인다는 거죠. 나리가 이 사실을 발견했다면 축하할 일이지요. 그렇지요……."

"그 여상인은 굉장히 인색했죠. 그런데 돈이 얼마나 많은지 모릅니다! 말도 못할 정도지요! 얼마나 돈을 모았던지. 그녀는 카피톨리나 페트로브나라고 하지요. 그러면 어디다가 돈을 모아두었을까요? 물어봐도 대답하지 않겠죠. 바보 같은 여자지요! 다른 사람들처럼 죽을 텐데 말예요! 죽는 데 무슨 돈이 필요하나요? 인간이 죽는 데는 아주 작은 것밖에 필요치 않아요! 그렇죠, 나리?"

"뭐라고요? 그렇죠……. 그녀는 친척도 없고, 혈혈단신이죠. 박쥐가 동굴 안에 칩거하듯이 자기 집에만 처박혀 있죠. 그녀 집에서 일하는 하인은 세 명이었죠. 마부하고 수위인 저, 그리고 마리쉬카가 있었죠. 마리쉬카는 아주 지독하고 못된 부엌데기 년이죠……. 그게 다예요! 그 집의 손님이라고는 여자 수도승과 여자 성지순례자 같은 사람들이 전부죠. 언젠가 그 하인들이 여주인을 목 졸라 죽일는지는 신만이 아시겠죠. 그녀는 죽어도 싸죠. 전혀 도움이 안 되는 인간이에요. 그래도 그것 역시 신의 뜻이고, 신만이 아시겠죠. 우리는 심판관이 아니죠. 그녀가 아직도 멀쩡히 살아 있는 게 신기할 정도예요. 혼자서 말이죠. 급소만 한 번 때리면, 돈은 그 사람 것이 될 텐데요. 이 사실을 알고 있는 사람이 있을까요. 깔끔하게 일을 처리한다면 그는 행복해질 것입니다! 그러나 사람들은 겁쟁이죠!"

이야기를 하면서도 마부는 말에게 워워 소리를 냈고 자리에서 움직이면서 숙취로 인해 부은 작은 얼굴을 파벨 니콜라예비치에게 돌렸다. 그는 붉은 눈썹과 생기가 도는 연한 회색빛의 눈, 양파같이 둥근 코를 갖고 있었고, 양 볼은 추위로 인해 시퍼렇고 불그스름한 빛을 띠고 있었다.

"보드카를 엄청 마셔댔지요!" 그는 환희에 차서 소리 질렀다. 그러고는 자신의 무모한 용기를 회상하며 입이 찢어질 듯 활짝 미소를 지었다.

파벨 니콜라예비치는 이 삐쩍 마른 초라한 철학자가 어딘지 모르게 자신과 비슷함을 느끼고는 불안해졌다. 마부가 뭔가를 방해하는 것 같았다. 이처럼 애매모호하고 확실치 않은 불안감 때문에 그는 베개에 머리를 더 깊숙이 파묻고 몸을 움츠렸다.

"늙은 노인네한테 뭐가 그리 많이 필요하겠어요? 한 번만 내리치면 곧장 황천행이죠!" 마부가 말했다.

"자, 여기 돈이나 받게. 그리고 자네가 직접 해보지그래! 썩 꺼지게나!" 파벨 니콜라예비치는 몸을 떨며 말했다.

"저는 할 수가 없죠. 그러나 나리는 할 수 있습니다요! 나리는 똑똑하니까 식은 죽 먹기죠."

"꺼져버려! 왜 쓸데없는 말을 지껄이는 거야? 돈을 냈으니 당장 내 눈앞에서 사라져버려!" 파벨 니콜라예비치가 소리쳤다.

"네, 네, 그러죠. 갈 테니 화내지 마십쇼." 마부는 조용히 말했다. "저는 단지 나리를 위해서 드린 말씀입니다. 굉장히 쉽고 확실한 일이지요, 곰곰이 생각해보십쇼. 그녀가 무슨 쓸모가 있겠어요? 아무짝에도 쓸모없는 사람이죠. 하지만 나리는 살아 있는 사람이고 돈이 필요하죠. 그러니 지금 곧 그녀를 한 방 치면!"

"알았네, 가보게! 잠 좀 자야겠어." 파벨 니콜라예비치는 아주 평온하게 말했다.

"그러세요, 좀 쉬시죠. 네, 안녕히 계십시오."

그러고는 마부는 사라졌다.

"그는 바보가 아냐." 파벨 니콜라예비치는 침대에 앉으면서 말했다. "그래, 그가 옳아. 나는 라스콜니코프도 아니고, 이상주의자도 아니지. 확실한 일이기도 하고. 좀 위험하지만 결과는 엄청나거든. 아, 단돈 만 루블이라도 내게 있다면……. 그 돈으로 잘 먹고 잘살 수 있을 텐데! 돈은 곧 독립이다. 자유지! 정말로 나는 자유를 원치 않는가? 그리고 만족은? 어쩌면 이것은 행복의 환상일 뿐이고, 그 누구도 생각지 못한 일일지 모른다. 그러나 나는 한 번의 타격으로 모든 것을 갖게 된다. 지금 내 상황은 열악하고 우울하고 지루하지만, 성공한다면 부유하고 독립적이고 내가 원하는 모든 것을 얻을 수 있는 삶이 보장된다. 양심의 고통? 그건 불필요한 환상일 뿐이다. 양심은 느껴지지도 않고 양심이 있는지조차도 모르지 않는가. 일을 단행하기로 했는데 뭘 더 생각해야 하는가."

그는 자신이 결심한 사실을 눈치채지 못했다. 하지만 생각하는 도중 그는 이미 마음을 굳혔고, 이미 결정한 이상 다른 방법은 있을 수 없었다.

"그런데 이 일을 어떻게 처리한다지?" 그는 자신에게 질문을 던졌다.

그러곤 곧 그 질문을 떨쳐버렸다.

"아니다. 아무것도 생각할 필요가 없다. 일이 성공하거나 실패하는 대로 내버려두자. 아무런 생각 없이 즉시 실행하는 것이 훨씬 더 낫다. 당장 시작해야 한다."

그는 자신의 내부에서 무섭도록 엄청난 에너지가 흘러나오는 것을 느꼈다. 일의 성공을 확신하는, 가능한 한 모든 장애를 제거할 준비가 되어 있는, 차갑도록 침착한 에너지였다. 일에 착수할 준비가 된 그는 침대에서 일어났다. 기지개를 켜고 손의 근육을 풀며 걱정스러운 듯 자신의 주위를 둘러보기 시작했다.

'그런데 어떻게 그녀를 죽이지? 설탕 덩어리를 부수는 작은 도끼로 죽일까? 아냐, 너무 가벼워. 그럼, 다리미로? 수건으로 싼 다리미로! 그래, 그게 편하겠다. 어디선가 읽는 적이 있지. 아주 멋진 방법이다. 눈치채지 못하게 밖으로 나가야 한다. 현관 창문 위에 있는 다리미를 가지고 가야지. 돈 넣을 가방이나 작은 자루도 필요하다. 그건 집사람한테 있으니까 됐고. 이 일을 알게 된다면 집사람은 말리려고 하겠지. 음…… 그럴 거야. 일반적으로 말하자면 이건 범죄나 다름없으니까. 그러나 나를 말릴 순 없지. 마음을 단단히 먹었고 굉장한 에너지를 갖고 있으니까. 인간은 만물의 척도이다. 나는 처음으로 이 사실을 인식했다. 그것도 아주 분명하게. 수많은 철학자들 중에서 소피스트들만이 현자라고 불렸고, 그들만이 그럴 권리를 갖고 있다. 그렇다, 인간은 만물의 척도이다. 법은 내 안에 있는 것이지, 나의 외부에 존재하는 것이 아니다. 나는 주저하지 않는다. 이는 내가 옳다는 것이다. 가자. 아주 재미있는 일이 될 것이다. 그런데 무엇이 이토록 나를 변화시켰는가? 정말 우리는 아무도 다음 순간에 무슨 일이 일어날지 모른다!'

파벨 니콜라예비치는 여상인 자메토바의 문 앞에 멈춰 선 채 집의 정면을 주의 깊게 바라봤다. 칠이 벗겨진 낡은 이층집은 네모난 창문을 통해 길거리와 집 앞에 서 있는 사람을 무심하게 바라보고 있었다. 그는 그 자리에 선 채로 생각했다.

'일이 어떻게 전개될지 몸서리치도록 흥미롭다. 붙잡히면 모든 일이 우스꽝스럽고 비참해지겠지. 이제 나는 새로운 인생의 문턱에 서 있다. 누군가 문을 열면, 그 사람을 어떻게 해야 하나? 에이, 물론 첫 번째 희생자가 되는 거지.'

그는 초인종을 있는 힘껏 눌렀다. 다음 순간을 기다리며 그의 심장박동은 멈출 것 같았다. 문 뒤에서 발소리가 들리고 누군가 높은 목소리로 "누구세요?" 하고 묻기까지 많은 시간이 흘렀다.

'식모 마리쉬카구나.' 그는 짐작하며 외투 안의 무기를 만져보았다.

"소시파트라 안드레예브나가 집에 계십니까?"

"네, 집에 계세요. 누구시죠?"

"비류코프가 보내서…… 왔다고…… 전해주세요." 파벨 니콜
라예비치는 이 도시에서 가장 훌륭한 상점 주인의 이름을 기억해
냈다.

열쇠 소리가 나더니 문이 열렸다. 파벨 니콜라예비치 앞에는 검
고 생기 있는 작은 눈을 가진 앳된 아가씨가 서 있었다. 그녀는 그
를 의기소침하게 만들었다.

"그런데 마리나는 집에 없습니까?" 그는 문지방을 넘지 않고
물었다.

"목욕하러 갔는데요. 들어오세요." 그녀는 문을 활짝 열고 신뢰
가 담긴 표정으로 손님의 얼굴을 쳐다보며 말했다.

"아!" 파벨 니콜라예비치는 턱수염을 문지르며 생각에 잠겨
말했다. "유감인데요. 당신은 아주 앳되군요. 저, 그냥 가야겠군
요!"

"뭐라고요! 무슨 상관있나요?" 그녀가 눈을 크게 뜨면서 소리
쳤다.

"상관없다고요? 음! 그래요, 당신이 옳아요. 일을 계속 해야겠
죠. 문을 닫으세요."

"지금 닫을 거예요. 그냥 열어두지는 않으니까요." 웃음을 터트
린 그녀는 걸쇠를 달그락거리며 열쇠로 문을 잠갔다.

그녀는 파벨 니콜라예비치가 신을 벗는 것을 도와주기 위해 그의 발밑으로 몸을 숙였다. 순간 그는 다리미를 높이 쳐들고 있는 힘껏 그녀의 뒷덜미를 향해 내리쳤다. 조준은 정확했고, 둔탁한 소리가 났다. 그녀는 깊은 숨을 몰아쉬며 마룻바닥에 얼굴을 부딪치며 쓰러졌다. 파벨 니콜라예비치는 무언가 부러지는 소리, 금속 같은 것이 마룻바닥을 구르는 소리를 들었다.

'아마, 그녀의 치마 단추가 떨어졌나 보다.' 자신의 발밑에 분홍색 치마를 입은 채 누워 있는 그녀의 날씬한 몸매를 보며 그는 생각했다. '내가 정말 사람을 죽였군. 어려운 일도 아니고 무섭지도 않아. 그런데 사람들은 살인에 대해서 대단한 일인 양 떠들어대지…… 하하하! 세상은 얼마나 많은 불필요한 것들로 가득 차 있고, 위선이 판치고 있는가! 왜 인간의 복지를 위해서라는 둥 거짓말들을 하는 거지? 결국 인간은 위선자일 수밖에 없는데.'

"아누쉬카, 누가 왔니?" 위에서 메마르고 단호한 여자의 목소리가 들렸다.

"접니다!" 파벨 니콜라예비치는 재빨리 대답하고 두 계단씩 올라갔다.

"무슨 일이에요?"

계단 위에 검은 옷을 입은 노파가 서 있었다. 키가 크고 삐적 마른데다가 얼굴과 목이 길었다. 노파는 몸을 앞으로 약간 굽히고 자신에게 다가오는 사람을 탐색하듯이 훑어봤다.

'밑에다 다리미를 두고 왔구나!' 순간 파벨 니콜라예비치는 얼어붙었다. 여상인 자메토바는 당황한 듯한 그의 모습을 놓치지 않았다.

"무슨 일이에요?" 처음보다 더 큰 소리로 물으며 그녀는 뒤로 물러났다. 그녀 뒤에는 거울이 놓여 있었고 파벨 니콜라예비치는 거울에 비친 그녀의 목을 볼 수 있었다.

"비류코프가 보내서 왔습니다!" 그는 의미심장한 미소를 지으며 노파에게 다가갔다.

"거기 서, 서라고!" 양손을 맞잡으며 노파가 말했다.

파벨 니콜라예비치는 노파의 두 손을 떼어놓고 재빨리 그녀의 목을 쥐어 잡았다.

"비류코프가 보내서 왔죠!" 그는 되풀이해서 말하며 그녀의 목에 자신의 손가락을 깊숙이 눌렀다. 목뼈가 느껴질 정도였다. 노파는 쉰 소리를 내며 그의 재킷의 가슴 부분과 옆구리를 쥐어뜯었다. 그녀의 얼굴은 파르스름해지며 부풀어 올랐고, 제멋대로 움직이는 혀가 우스꽝스럽게 입 밖으로 삐져나와 있었다. 그가 팔꿈치로 그녀의 어깨를 누르자 노파는 뼈만 앙상한 손으로 그의 머리와 얼굴을 붙잡으려고 버둥거렸다. 마침내 노파는 그의 셔츠 깃을 붙잡았다. 셔츠 단추가 떨어져 계단을 굴러 내려갔다.

'증거물이 될 텐데 단추를 찾아야 한다.' 순간적으로 그의 머릿속에 이런 생각이 떠올랐다.

노파는 더 이상 움직이지 않았다. 그러나 잠시 후 노파는 무릎으로 그를 밀치고 그의 옷을 쥐어뜯으며 저항을 계속했다.

"그만해!" 가슴에 닿는 노파의 손톱을 느끼면서 그가 명령조로 크게 소리쳤다. 그는 양손으로 더 세게 노파의 목을 눌렀다. 노파는 요동치기 시작하더니 곧 마룻바닥으로 쓰러졌다. 노파 위로 넘어진 그는 그녀의 마지막 미동을 느낄 수 있었다. 잠시 후 그는 노파가 죽었다고 생각하며 목을 죄던 양손을 풀었다. 얼굴에 흐르는 땀을 닦으며 그는 노파 옆에 앉았다. 피곤했다. 그는 사악하지도, 야만적이지도 않은 무언가에 흥분되어 있었다. 몸을 구부리고 웅크린 채 노파는 움직이지 않았다. 파벨 니콜라예비치는 그녀를 바라보며 아무것도 느끼지 않았다. 동정도, 두려움도, 시체에 대한 혐오감도 느끼지 않았다. 너무나 태연했다. 그는 앉아서 생각했다.

'사람은 얼마나 쉽게 죽는가. 죽음에는 아무것도 필요 없다. 철 조각으로 한대 치면 인간은 그 길로 황천행이다. 의미, 단어, 행동 등 모든 것은 아무런 의미도 없이 사라져버린다. 어차피 이 모든 것은 불분명하니까. 죽는다는 것은 추악한 일이다. 그런데도 결국엔 죽기 위해서 살아야 하는가? 또 그러기 위해 살인 같은 것들을 해야 하는가? 어리석고 저속한 일이다! 그런데 나는 왜 이 일을 저질렀는가? 빌어먹을 돈을 가지고 나가야겠다! 그 놈의 마부 때문에 일이 벌어진 거야.'

"어이! 자네 여기 있었는가?"

마부는 정말 이곳에 있었다. 난간에 앉아 허공에다 발장난을 치면서 그는 재미있다는 듯이 파벨 니콜라예비치를 바라보고 있었다. 한 손에는 채찍을 들고, 다른 손으로는 난간을 잡고 있었다.

"저는 이미 오래전부터 여기 있었습니다!" 그가 침착하게 말했다. "일은 잘 처리했나요?"

"자네는 버러지야, 벌레 같은 놈! 뭘 물어보는 거야…… 내가 사람을 죽였다고! 원한다면 자네까지도 죽여줄까? 자네는 죽어도 싸지, 짐승 같은 놈!" 파벨 니콜라예비치는 흥분해 있었다.

"나리가 사람들을 죽인 건 확실하죠. 그것 때문에 저한테 화내실 필요는 없습니다. 나리는 살해된 사람들을 불쌍히 여기지 않죠?"

"그래, 그래도 뭔가……."

"죽은 사람들을 불쌍히 여기지 않는데 무슨 할 말이 있나요. 그리고 왜 죽은 사람들을 불쌍히 여겨야 하죠? 살아 있다면 다른 문제지만. 살아 있는 사람은 동정해야 하죠. 그렇죠."

"이봐, 자네 철학적인 척 좀 하지 마!" 파벨 니콜라예비치가 단호하게 말했다. "가버려. 나도 가야 해. 이 모든 것은 어리석은 일이야."

"그러면 돈은? 돈은 가져가시죠! 가져가서 써야지요. 만일 돈이 있으면 나리가 원하는 행복을 찾을지도 모르죠. 돈은 가져가야지요. 그 때문에 이곳에 오셨으니."

"그래! 옳은 말이야. 가져가야지."

파벨 니콜라예비치는 마룻바닥에 앉아 양손으로 머리를 감싸고 흔들기 시작했다. 한 가지 생각이 그를 놀라게 했다.

'어떻게 이토록 태연할 수가 있지? 과연 난 살인자인가? 내가 방금 사람들을 죽였고, 그들의 목숨을 빼앗았는가? 어떻게 이런 일이? 나의 감정은 어디에 있지? 양심은? 정말로 나의 내면에는 법이 존재하지 않는 것인가? 그 어떤 내적 규범도 없단 말인가? 이게 어찌 된 일인가? 마부, 자네 나한테 무슨 짓을 한 건가? 정말 나는 이토록 태연한 것인가, 응? 나는 태연해!'

마부는 냉정하게 침을 내뱉고 채찍으로 자신의 무릎을 때렸다. 그리고 그는 파벨 니콜라예비치를 꿰뚫을 듯이 쳐다보며 휘파람을 불기 시작했다. 마부 역시 태연했다. 마룻바닥에는 질식한 노파의 시체가 놓여 있었다. 파벨 니콜라예비치는 옆에 있는 시체와 마부의 차가운 무관심에도 두려움을 느끼지 않았다. 그는 내면의 모든 감정이 메말라버렸다는 사실에도 공포를 느끼지 않았다. 영혼을 오싹하게 하는 무딘 슬픔! 단지 그 슬픔 만이 그를 감쌌다. 그는 눈을 감고 죽은 노파처럼 마룻바닥에 눕고 싶었다. 자신이 노파를 죽였지만, 그는 노파가 자신보다 힘이 더 센 것처럼 느껴졌다. 그는 마부의 얼굴을 차마 쳐다볼 수가 없었다. 마부는 계속해서 휘파람으로 슬프면서도 우스꽝스러운 노래를 불렀다. 휘파람을 멈추며 그는 말을 꺼냈다.

"나리는 괜히 마음 약한 말을 하시는군요. 저는 그 말들을 믿지 않아요……. 그래요, 나리. 나리가 태연하다는 것은 제가 알고 있어요. 자신의 감정을 왜 걱정하십니까? 그럴 이유가 없습니다. 나리는 살인을 했죠. 이건 기정사실입니다. 아주 단숨에 죽여버렸지요. 오늘날의 잣대로 보면 아주 잘한 거예요. 아무런 고통 없이 소리 한번 지르고 천당에 가 있는 거니까요. 솔직히 말하면 천천히 고통스럽게 죽이는 것은 아주 비열한 짓이죠. 그러나 단번에 죽이는 것은 괜찮아요! 만약에 사람이 죽은 후 말할 수 있다면, 그는 나리께 감사드렸을 겁니다. 어쨌든 나리는 금방 숨통을 끊어 그 사람의 고통을 덜어주었으니까요. 나리가 살아 있는 사람들을 걱정하면 좋을 텐데요. 얼마나 많은 사람들이 나리나 우리들 때문에 서서히 고통스럽게 죽어갈까요? 우리의 아내들…… 우리가 그들을 괴롭히지 않나요? 친구들…… 우리가 친구들을 괴롭히지 않나요? 우리 주위에는 수많은 다양한 사람들이 있습니다……. 그들은 우리에게서 아무런 고통도 받지 않나요? 나리는 이 모든 것을 보면서도 전혀 아무런 느낌이 없죠. 그렇게 살다 보니 나리는 야만적이 되었고 무관심해졌죠. 이해합니다."

"자네 도대체 무슨 말을 하고 있는 거야?" 파벨 니콜라예비치는 마부의 이상한 말을 끊으면서 조용히 물었다.

"사실을 말하고 있습니다. 순수한 눈으로 인생을 한번 보십쇼. 그 안에 무슨 질서가 있습니까? 인간에게는 인간에 대한 어떤 존경심도 남아 있지 않죠. 서로에 대한 동정심도 없어요. 누구도 다른 사람의 삶을 돕지 않습니다. 우리는 빵 한 조각을 얻기 위해 서로 싸우고, 물어뜯죠. 올바른 분배란 있을 수 없고 사랑도 존재하지 않아요. 같은 인간이라고 해서 나리가 모든 사람을 책임져야 하는 건 아니에요, 그렇죠? 우리 주위에서는 수백, 수천의 사람들이 나리처럼 파멸하고 죽어갑니다……. 그것을 본 우리는 그걸 질서로 치부해버려요. 그래서 힘이 있을 때 살인하는 것도 가능하죠. 물론 살인하는 것은 위험합니다. 재판에 회부되니까요. 하지만 재판에 회부되지 않는다면 우리는 아주 쉽게 상대를 죽일 겁니다. 가식이 판치는 세상입니다. 우리는 더욱더 훌륭한 사람임을 가장하고 있습니다. 우리의 마음은 돌덩이처럼 굳어 있어요. 우리 내면에는 그 어떤 법도 존재하지 않아요. 멀리나마 법이 존재해도, 우리는 마음속에 그것을 담아두지 않죠. 왜 기운이 없으십니까, 나리? 나리는 법을 위반할 수 있었고 결국 위반했죠. 그건 나리가 자신을 믿는다는 거예요. 나리에게는 이성이 있습니다. 재판을 피해 교묘하게 숨을 수 있죠. 전에도 나리는 사람들을 동정하지 않았습니다. 나리가 그들을 동정했다면 그들이 그토록 어렵게 살았겠어요? 아! 나리가 동정심을 갖고 그들의 삶을 편안하게 해주었다면. 하지만 나리는 그들의 삶을 편안하게 해주는 대신에 아예 숨통을 끊어놓았죠. 나리 마음속에는 그 어떤 규제도 존재하지 않기 때문에 고민할 일도 없습니다. 모두 공허한 말들뿐이죠. 나리의 마음이 자유롭다면, 외적인 그 어떤 것으로도 나리를 옭아맬 수 없어요. 나리는 스스로에게 부끄러워할 줄 모르시죠. 사람들은 나리에게 아무것도 아닙니다. 그렇죠. 그러니 하고 싶은 대로 하십쇼."

"자네가 나를 비난하는 건가?" 파벨 니콜라예비치가 물었다.

"제가 왜요! 그게 저의 일인가요? 저 역시 나리처럼 인간일 뿐이죠. 제 안에도 규범이 없는데 어떻게 나리를 비난하겠어요."

"이제 나는 어떻게 해야 하지?" 파벨 니콜라예비치는 생각에 잠겨 물었다.

"어쨌거나 마찬가지입니다. 이미 시작한 것을 마무리 지으셔야죠!"

그리고 마부는 갑자기 어디론가 사라졌다.

파벨 니콜라예비치는 숨을 깊이 들이마시고 주변을 둘러보았다. 그의 옆에는 노파의 시신이, 계단 밑에는 아가씨의 시신이 놓여 있었다.

계단을 따라 검은 테두리의 붉은 양탄자가 깔려 있었다. 멀리 안쪽에 있는 방 어딘가에서 카나리아 소리가 들려왔다. 파벨 니콜라예비치는 마루에서 일어나 큰 소리로 물었다.

"이건 꿈인가?"

방마다 소리가 울려 퍼졌으나, 아무도 그에게 대답하지 않았다. 그는 복도를 따라 앞으로 나아갔다. 방 안에 있는 침대가 보였다.

"노파의 침실이군. 여기에 돈이 있을 거야. 돈을 갖고 가자. 어차피 마찬가지니까!" 그는 소리 내어 말했다.

높이가 낮은 낡은 상자가 침대 밑에 놓여 있었다. 파벨 니콜라예비치는 방에 들어가자마자 침대보 밑으로 삐죽 튀어나온 상자 모서리를 봤다. 그는 몸을 숙여 상자를 꺼냈다. 상자는 잠겨 있었으나 바로 옆에 열쇠가 있었다. 파벨 니콜라예비치는 상자를 열었다. 열쇠 여는 소리가 방 안에 크게 울렸다.

상자는 돈으로 가득차 있었다. 차용증서도 있었다. 파벨 니콜라예비치는 작은 자루에 돈을 차곡차곡 쌓기 시작했다. 돈은 무척 무거웠다. 그는 오랫동안 돈을 넣었다. 돈이 아직도 상자 안에 많이 남아 있었으나, 그는 미련 없이 상자 뚜껑을 닫았다.

그는 방에서 나와 계단을 내려갔다. 그리고 태연히 두 개의 시체를 지나 거리로 나섰다.

거리는 텅 비어 있었다. 눈이 내리고 강한 바람이 불었다. 그러나 파벨 니콜라예비치는 추위도 느끼지 못한 채 천천히 걸으며 생각에 잠겨 있었다. '그토록 괴로워했는데 왜 아무것도 느끼지 못할까?'

* * *

······파벨 니콜라예비치의 살인이 있은 후 팔 년이 흘렀다.

그의 장남 꼴랴는 벌써 열아홉 살이 되었다. 큰딸은 약혼했고, 막내딸은 일 년 후에 약혼하기로 혼처가 정해져 있었다. 그의 아내는 집안일과 아이들에 대한 끊임없는 걱정 때문에 신경질적이었던 여인에서 멋진 자선가로 변신했다. 파벨 니콜라예비치 자신도 도시에서 존경받는 사람이 되었고 유력한 시장 후보가 되었다.

그는 노파의 돈을 잘 굴려서 거대한 갑부가 되었다. 그는 아무것도 두려워하지 않았다. 존경을 받으며 평온하게 살면서 열심히 일했다. 그러나 지인들은 이구동성으로 그의 성격이 달라졌다고 말했다. 신경질적이고 진지하면서도 사교적이었던 그는 비사교적이고 늘 어떤 생각에 빠져 있는 사색가로 변해 있었다.

양심의 가책이 그의 마음을 괴롭히지는 않았다. 그는 자신이 한 일에 대해 분명하게 이해하지 못했다. 하지만 노파를 살인한 후 한 가지 질문이 그를 괴롭히기 시작했다.

'내 안에 내적 규범이 있는가, 없는가?'

성공적인 삶을 살수록 이 질문은 그의 영혼을 더욱더 압박했다. 온 도시가 팔 년 전 크리스마스에 노파와 하녀의 알 수 없는 죽음에 대해 떠들어댔다. 파벨 니콜라예비치는 사람들과 이 일에 관해 이야기를 나누면서 자신의 마음속에 공포나 참회의 기미가 나타나기를 기대하며 스스로를 주시했다. 그러나 그런 감정은 생기지 않았다. 그는 스스로에게 질문을 던졌다.

'정말로 내 안에는 자신을 범죄자로 느끼게 하는 내적 규범이 존재하지 않는가?'

그의 영혼 속에 그런 규범이 없다는 사실은 분명했다. 그러나 그는 양심의 가책, 참회, 자신이 범죄를 저질렀다는 죄책감이 인간의 특성이라는 사실을 잊을 수 없었다. 그는 내면에서 계속 그 감정을 찾았다. 찾고 또 찾았으나 도저히 찾을 수 없었다. 그는 자신에게 놀랐다.

'나의 모든 감정이 어디로 사라져버렸을까?'

그에게 삶이란 심장이 메말라버린 사람의 잠꼬대도, 환상적인 어떤 것도 아닌 이상야릇한 것으로 여겨졌다.

어느 날 자신의 인간적 감정이 어디로 사라졌는지에 대한 질문을 던지고 있을 때, 갑자기 마부가 나타났다.

그는 예전처럼 행색이 남루했고 여전히 태연자약한 철학자였다. 그의 행색은 시간의 흐름과는 무관했다. 너덜너덜한 외투에 헝겊을 덧대지도 않았고, 외투 자락의 구멍도 예전 그대로였다. 그는 파벨 니콜라예비치의 서재에 나타나 안락의자 손잡이에 앉아 채찍 끝으로 모자를 돌리며 파벨 니콜라예비치를 향해 한숨을 내쉬었다.

"어디서 나타났지?" 파벨 니콜라예비치는 웃음을 터트렸다. 예기치 않은 신비스러운 마부의 방문에 그는 당황하거나 놀라지 않고 오히려 흥미로워했다.

"저요? 저는 여러 장소에서 오지요……." 마부는 태연하게 말했다. "살아 계신가요?"

"보다시피 살아 있지. 그런데 자네는 누군가? 악마인가 아니면 영원한 방랑자인가?" 파벨 니콜라예비치는 다시 웃음을 터트렸다.

"어째서 그렇죠? 전 단지 창조물일 뿐이지요. 아직 내면에서 규범을 발견하지 못했나요? 아직도 찾고 있습니까?"

"찾고 있지." 한숨을 쉬며 파벨 니콜라예비치가 말했다. "이보게, 찾고 있지만 아직 발견하지 못했네……. 이상하지 않나?"

"너무나 당연한 거죠." 마부가 말했다. "찾지 마십쇼. 발견하지 못할 겁니다. 나리는 규범의 씨를 말려버렸어요."

"어떻게?" 파벨 니콜라예비치가 소리쳤다.

"사용하지 않았기 때문이죠. 나리는 규범을 제대로 쓰지 못했습니다. 언제나 어떤 규범이 나을까 생각만 하다 결국 하나의 규범도 마음속에 심지 못했죠. 삶도 나리를 억압하면서 나리의 모든 것을 억눌렀고요. 그래서 결국 나리는 주변에 있는 죽음까지 무관심하게 바라보다가 너무나 태연하게 살인을 저질렀고, 왜 죽였는가를 침착하게 생각할 지경에 이르렀습니다. 나리는 자신의 주변에서 단지 비열함과 저속함, 어둠만을 보죠. 신조차도 나리 속에 어떤 불빛도 밝힐 수 없어요. 신이 불을 밝혔으나, 나리는 위선적으로 젠체하며 그 불꽃을 꺼뜨렸습니다. 그래서 나리의 심장은 메말라버렸고 그와 함께 모든 훌륭한 감정도 사라졌죠. 결국 나리는 나무처럼 되어버렸어요."

"잠깐, 자네 거짓말을 하고 있군! 나는 행동하고 있어. 나는 일하고 있다고……."

"무엇을 위해서요? 나리는 모든 것을 다 버리고 말뚝처럼 서 있을 수 있죠. 뭐든 나리에게는 결국 마찬가지니까요. 나리의 일이 진정한 일인가요? 아닙니다. 나리는 진정 어린 마음이 아니라 일종의 의도를 갖고 일하죠."

"그 의도가 뭔가?" 파벨 니콜라예비치는 놀라서 물었다.

"뭐라고요? 그걸 모르시나요. 사람들은 여러 의도를 갖고 있습니다. 이 일에는 이런 의도, 저 일에는 저런 의도가 있지요. 나리가 시장이 되신다면 그 위치에 맞는 의도가 필요하고, 경찰서장이 되면 다른 의도가……. 나리에게 중요한 것은 존경을 받는 것이고, 동료들이 나리를 평가하는 데 익숙해진 그 시선에 따르는 것이지요. 나리는 어떤 불꽃으로도 타오르지 않습니다. 단지 일정 기준과 책임감으로 일하고 있죠. 그렇지 않나요?"

"제발…… 어째서 내가 그런 거지."

"나리가 생각해보시죠……."

"솔직히 말하면 나는 마치 송장 같네. 도대체 나는 어떻게 될까?"

"시간이 흐르면 죽겠죠."

"그건 다른 사람들도 마찬가지지."

"그렇게 되지 않는다면 좋겠지만! 저절로 그렇게 될 겁니다."

"살아가는 동안 나에게 무슨 일이 일어날까?"

"모르으으죠!" 머리를 흔들면서 마부는 말을 길게 늘였다. "나리의 삶은 비열하고 감정도 없죠. 그렇죠? 말하지 않아도 비열한 삶이라고 알고 있겠죠. 이봐요, 참 불쌍하시네요. 그런데 나 역시 삶에 무관심하지요."

"무엇을 해야 하지?" 파벨 니콜라예비치는 생각에 잠겨 물었다.

"제가 뭘 알겠습니까? 나리 안에 규범이 없다고 모든 사람에게 소리치세요. 사람들이 들을지도 모르죠……."

"그러면, 어찌 되나?"

"아무 일도 없지요. 어쩌면 나리의 고백을 듣고 자기 자신을 들여다보고는 자신들 안에도 역시 규범이 없다는 것을 알게 되겠죠. 나리처럼 그들도 모두 공허하고 삶에 무관심합니다. 그렇게 사는 것이 그들에게는 편하고 유익하죠."

"그러면 나는?"

"나리는 희생자가 되는 거죠. 희생자가 되는 것은 좋은 일이에요. 대신 죄를 면하게 되지요……."

마부는 나타났을 때처럼 갑자기 신비하게 사라졌다. 그러나 마부의 출현처럼 이 사실 역시 파벨 니콜라예비치를 놀라게 하지는 않았다. 그는 왜 이런 대화가 아무런 감흥도 주지 않고 아무런 생각도 불러일으키지 않는가 하는 문제에 골몰해 있었다. 그는 마부의 말을 듣고 답했으나, 그것은 그에게 아무런 감정도 불러일으키지 않았다. 그의 주위에서는 삶, 죽음, 모든 살아 있는 생물체의 운명, 미래와 현재에 대한 대화들이 끊임없이 들려오고 있었다. 물론 그도 이런 대화에 끼어들었다. 하지만 그의 영혼은 잠자고 있었고, 그의 마음은 움직이지 않았다. 이 내적인 공허함은 그를 놀라게 하지 않았지만, 마음속에 공허감이 자리 잡고 있다는 사실은 어쩐지 이상했다.

그는 웃으면서 생각했다.

'가엾은 사람들! 그들은 상대를 모르고 속마음을 볼 줄도 모른다. 난 살인자인데 아무도 나를 살인자라고 생각하지 않는다. 오히려 나는 사람들 사이에서 존경까지 받고 있다.'

그는 자신을 사랑하는 가족을 바라보았다.

'불쌍한 사람들…… 만약에 이 사실을 알았다면!'

그러나 그가 살인자라는 것을 아무도 몰랐다. 감정이 없지만 그는 마치 가슴속에 감정이 있는 듯이 행동하며 살고 있었다.

그렇게 그의 삶은 하루하루 흘러갔다. 그는 내적으로 삶에 대해 더욱더 무관심해졌으며, 단지 일정 기준과 습관, 책임감에 따라 행동하며 살았다.

정신적으로 죽어 있는 그는 죽어 있는 일들을 했다. 그것에 생명력이 없다는 것을 스스로도 잘 알고 있었다. 영혼이 없는 그는 자신의 삶에 영혼을 부여할 수 없었다. 그의 마음속 공허감은 더욱더 커지고 발달하여 고통스러울 정도가 되었다.

겉으로 볼 때 그는 전혀 불평할 일이 없었다. 사람들은 그를 정직한 활동가라고 생각해 존경했고 그에게 복종했다. 그러나 그것도 그를 만족시키지 못했다. 밑바닥이 없는 깊은 심연에 던져진 작은 돌멩이가 흔적도 없이 사라지는 것처럼 그에게는 모든 감정이 죽어버렸다.

'정말 내 안에 규범이 없는가?' 점점 더 자주 그는 스스로에게 질문했다.

시장 선거일이 다가오고 있었다. 그는 자신이 당선되리라는 것을 알고 있었지만 기뻐하지 않았다. 정직하게 돈을 축적한 존경할 만한 사람이라는 평판이 그의 귀에까지 들려왔다. 그러나 그것도 그에게 아무런 감정을 불러일으키지 않았다. 그는 아무것도 느낄 수 없었다. 따라서 기뻐하거나 슬퍼할 만한 일도 없었다. 심장이 메말라버린 사람들은 이런 삶이 어떤 의미인지 잘 알고 있었다.

마음속에 아무런 희망도 없이 산다는 것은 사는 것이 아니었다. 파벨 니콜라예비치는 가끔 스스로에게 말하곤 했다.

'어떤 희망이라도 가진다면 좋을 텐데!'

그러나 그는 희망을 가질 수 없었다. 삶을 무관심하게 대하는 것에 매혹되어 어느새 삶을 무덤덤하게 바라보게 되었고 심장이 메말라버렸다. 처음에는 이 사실을 느끼지 못했다. 그러나 그의 심장은 이미 자신 외에 모든 것에 무관심하게 되었기 때문에 작은 희망의 불씨도 타오르지 않았다.

시장 선거일이 다가왔다. 인간은 흘러가는 시간을 피해 달아날 수 없다. 이미 파벨 니콜라예비치는 시장으로 당선되었고 지인들이 그를 축하하기 위해 점심 시간에 모여들었다. 그들은 식탁에 앉아 식사하고 술을 마시며 축하 인사를 했다. 이런 경우에 언제나 그렇듯이 점심 식사는 시끌벅적하면서도 활기에 넘쳤다.

파벨 니콜라예비치는 축하 인사와 건배를 받으면서도 주위에 모인 사람들을 경멸적으로 바라봤다.

모두 눈이 멀었고 불쌍한 사람들이다. 그들은 심장 없이 살아가고 있다. 그 누구도 멀리서 좋은 것과 바보 같은 것을 구별할 줄 모른다. 그러나 좋은 것과 바보 같은 것이 존재하기나 하는가?

모두 얼마나 시끄럽게 떠드는가! 왜?

갑자기 그는 이 사람들을 놀라게 하고 당황하게 만들어 괴롭히고자 하는 강렬한 욕구에 휩싸였다⋯⋯. 그는 손에 포도주 잔을 들고 일어나 그의 이야기를 듣기 위해 모두 잠잠해졌을 때 말을 꺼냈다.

"여러분! 영광입니다. 여러분의 관심에 감사드립니다. 보통은 이렇게 인사를 하지요. 그러나 나는 그렇게 말을 시작할 수 없습니다. 할 수 없어요. 나는 다른 감정으로 가득 차 있습니다⋯⋯. 여러분! 여러분이 말하는 모든 것이 제게는 너무도 이상하고 황당합니다. 이 모든 것은 어리석고 부질없습니다. 여러분은 나를 모릅니다⋯⋯. 저 역시 여러분에 대해 아무것도 모릅니다. 단지 여러분 모두가 정신적으로 눈이 멀었고 가련하다는 것밖에는. 그래서 저는 여러분이 불쌍합니다. 듣고 계십니까? 내가 누군지 아십니까? 여러분이 이구동성으로 존경하는 나는 살인자입니다! 팔 년 전 나는 한 아가씨와 노파 자매토바를 죽였습니다……. 내가……. 뭐라고? 하하하! 내가 했습니다, 내가! 그런데 여러분은 처음에는 부자이고, 나중에는 사회 활동가인 내게 입 맞추고 내 앞에 머리를 숙였습니다……. 나는 노파의 돈을 가지고 부자가 되었습니다……. 여러분은 내가 미쳤다고 생각하지요, 그렇죠?"

모두 그의 말에 모욕감을 느꼈다. 만일 그가 타협하듯 조용히 참회를 했다면 그들은 그의 말을 중지시켰을 것이다. 그러나 반대로 그는 사람들을 모욕하고 조롱했다. 그의 눈은 광기도 아닌 내적인 힘으로 불타고 있었다. 강한 자들은 언제나 약한 자들의 증오를 불러일으키는 법이다.

모두들 흥분해서 웅성대기 시작했다.

"경찰을 불러!" 누군가 소리쳤고 곧 경찰이 나타났다.

자신의 행동에 취한 파벨 니콜라예비치는 계속해서 단호하고 큰 소리로 말했다.

"내 안에 규범은 없고 나의 심장은 죽었소! 파괴되고 있는 여러분의 심장을 지키시오. 그리고 규범을 정착시키시오. 무관심해지지 마시오. 무관심은 인간의 영혼은 죽음과 같은 것이오!"

그러나 그는 범죄자였다……. 그를 어떻게 선구자로 볼 수 있겠는가? 모두 악의와 증오심을 담은 눈으로 그를 바라봤다. 그 역시 경멸과 강한 자의 빈정거림을 갖고 그들을 응시했다.

"그래, 그래야죠!" 파벨 니콜라예비치 앞에 작고 주름진 얼굴에 환희의 미소를 띤 마부가 갑자기 나타났다.

"그래, 이것이야말로 진짜 일이죠! 이미 오래전에 그래야 했습니다. 이제부터 나리는 고통받을 것입니다. 그러나 고통받는 것은 좋은 일이죠! 이제 나리에게는 십자가가 있습니다. 언제나 십자가를 갖고 있어야 합니다. 이것이 삶의 첫 번째 과제지요! 십자가를 갖고 고통받으십쇼. 그리고 자신의 영혼을 깨끗하게 만드십쇼……. 십자가 없이는 불가능하죠. 십자가와 함께 있으면 언제나 삶에서 확고한 생각을 발견할 겁니다. 이제 나리는 자신의 고통으로 생명을 얻게 될 겁니다. 나리에게는 길이 있어요, 신에게 나아가는 것 말입니다……. 살인했다고요? 괜찮습니다! 성경에 나오는 약탈자를 기억하세요? 그는 단지 여덟 단어로 신께 기도하고 사면을 받았죠. 나리는 깊이 생각했습니다. 이제 가서 고통을 받으세요. 사람들에 대해서는 잊어버려요. 나리보다 훌륭한 사람은 많지 않습니다……."

파벨 니콜라예비치 주위의 모든 것이 어쩐 일인지 퇴색하기 시작했다. 모두들 어디론가 사라지고 붉은빛이 나타났다. 흔들리는 그 불빛 때문에 눈이 아팠다.

대지가 진동했다…….

....

파벨 니콜라예비치가 눈을 떴을 때 그의 앞에 나이트가운을 입은 아내의 모습이 나타났다. 그녀는 피곤에 지쳐 윗입술을 신경질적으로 떨고 있었고, 한 손에 분홍색 램프를 들고 다른 한 손으로 남편의 어깨를 흔들고 있었다.

"파벨! 자리 좀 비켜줘요……. 당신 자리로 가요……. 그리고 옷 좀 벗어요. 옷 입은 채로 몇 시간씩이나 자다니 얼마나 불편하겠어!"

"잠깐만……."

"제발……. 나 너무 피곤해요."

"율랴! 내가 어땠는지 알아?"

"너무 많이 잤지요."

"어? 그래…… 맞아. 꿈이지, 아주 멋진. 근데 말이야…….."

"잠 좀 자야겠어요."

"그러지 말고 내 말 좀 들어봐……. 얼마나 환상적인데! 그 마부가 말이야, 그 마부! 왜 하필이면 마부지?"

"아직 잠이 덜 깨서 헛소리까지 하고 있네요. 일어나요, 당장!"

"자, 율랴, 내 이야기 좀 들어봐⋯⋯."

"내일요⋯⋯."

"그래, 좋아. 가끔 이상한 꿈을 꾼다니까! 그런데 말이야, 꿈에는 의미가 있어. 우리는 정말 삶에 너무 무관심하고 쉽게 굴복해."

"제발 잠 좀 자요. 나중에 이야기해요. 당신에 관한 이야기는 그만해요. 나 오늘 아침 여덟 시에 일어났어요. 지금은 밤 두 시예요."

"여보! 그래 그만하지⋯⋯. 그만둘게⋯⋯."

자기 자리로 돌아와 베개에 머리를 대자마자 그는 자신을 감싸는 달콤한 꿈을 예감했다.

"꿈이야, 재미있는⋯⋯. 그리고 도덕적인. 율랴 들어봐⋯⋯. 아니면 다 잊어버려."

아내는 그에게 대답하지 않았다. 램프 불은 활활 타오르고, 창문가의 그림자는 흔들리고 있었다. 방은 어둠으로 가득 차 있었다.

"이해했어. 그래, 이해했어⋯⋯." 파벨 니콜라예비치는 잠에 빠지면서 혼자 중얼거렸다.

거리에서는 기념일을 알리는 둔탁한 청동 종소리와 야경꾼이 딱딱거리는 소리가 들려오고 있었다.

환영.

크리스마스 주간에 관한 이야기

포마 미로노비치 모솔로프는 서재 소파에 누워 허연 턱수염을 쓰다듬으면서 짙은 눈썹을 찌푸린 채 생각에 잠겨 있었다. 방금 방금 점심 식사를 마쳤지만 식욕이 없어 먹는 둥 마는 둥 했다. 식탁에 앉아 무섭게 인상을 쓰고 호통을 치는 바람에 딸들은 눈물까지 흘렸다. 아내가 딸들 역성을 들자 그는 그녀에게도 고래고래 소리를 질렀다. 그러곤 숟가락을 집어던지고 쾅 하고 의자를 밀쳐 버린 다음 방으로 와버렸다. 그는 잠시 방 안을 왔다 갔다 하다가 가슴에 돌덩어리를 얹은 듯 무거운 마음으로 소파에 누웠다. 그리고 생각에 잠겼다…….

"산다는 게 뭐지? 새로운 게 있나? 사람들은 어떻게 변했지? 그들이 무언가를 두려워하기는 하나?"

포마 미로노비치는 사진과 기억 속에 남아 있는 과거를 회상했다. 예전에는 교회에서 크리스마스 아침 예배를 마치고 옷을 갈아입은 뒤 가족 전체가 아버지에게 인사를 드렸다. 단정하게 옷을 차려입은 가족은 경건하게 집안의 가장을 바라보며 조심스럽게 다가가다가 아버지에 대한 존경과 두려움을 담은 채 문지방에 멈춰 섰다. 예전의 총주교처럼 근엄하고 백발인 갑부 미론 바실리예비치 모솔로프는 축제 예복을 입고 의자에 앉은 채 엄격한 눈길로 가족을 바라보며 눈썹을 가볍게 움직였다. 다가와서 인사하라는 신호였다. 가족은 나이순으로 인사를 올렸다. 장남인 포마는 언제나 첫 번째로 나서서 팔이 땅에 닿을 정도로 깊숙이 허리를 숙여 인사를 올렸다.

"성탄을 축하드립니다, 아버지!"

"고맙구나!" 무게 있는 저음으로 아버지가 말했다. "너도 축하한다……. 자, 여우털 모자다. 잘 쓰고 나녀라. 제법 값이 나가는 물건이다. 그리고 여기 용돈이다……. 잘 새겨들어라, 폼카! 놀더라도 이성을 잃어서는 안 된다……. 알겠느냐?"

"전 어린애가 아닙니다, 아버지. 당연히 알고 있습니다……."

"그래그래! 어머니에게도 인사하고 식탁에 앉아 많이 먹어라."

온통 실크로 된 옷을 입고 있는 위엄 있고 단아한 어머니도 용돈을 주며 덕담을 건넸다.

누이들과 집에서 거처하고 있는 이종사촌들 등 온 가족이 식탁에 둘러앉았다. 집안과 가까운 지인들, 아버지의 집사들 및 오랜 시간을 함께한 하인들이 다가왔다. 그들은 나이순으로 아버지에게 인사를 했고, 아버지는 그들 모두에게 선물을 줬다. 그들은 아버지를 공경한다는 표시로 식탁 뒤에 앉아 있었고 아버지는 이에 대해 포상을 한 것이었다…….

식탁은 온갖 음식들로 넘쳐났다. 평범한 소고기인데도 옛날보다 더 맛있었다. 세 시간 정도 식탁에 앉아 모두들 맛있게 음식을 먹었다. 집맥주, 꿀, 값비싼 포도주도 마셨다.

이제는 고인이 된 아버지는 생전에는 먹고 마시는 것을 즐기셨다. 모두들 예의바르게 대화를 나눴다. 아버지는 하고 싶은 이야기를 했다. 모두들 미론 바실리예비치가 조용한 사람들을 싫어한다는 사실을 알고 있었다. 단, 마음대로 이야기하되 거짓말을 하거나 다른 사람의 말을 끊어서는 안 되고 말이 끝날 때까지 기다려야 했다. 아버지 당신도 다른 사람의 말을 중간에 끊은 적 없이 끝까지 주의 깊게 들었다. 그런 뒤 만일 그가 사려 깊게 이야기했으면 그를 칭찬했다.

"조리 있게 말했는데, 마지막이 좀 미진하군……. 뭔가를 조금만 덧붙였으면 아주 멋졌을 텐데! 좀 서둘러 이야기를 마쳤어. 영혼이 깃든 이야기를 하려면 단어 선택에 신중해야 해……."

누군가 거짓말을 하면 아버지는 의자에서 벌떡 일어나 그의 말을 가로막곤 했다.

"이 사람아! 혀는 잘 놀리는데, 머릿속은 텅 비었구먼!"

식탁에서 모두 일어나면 아버지가 지시를 내렸다.

"자, 아가씨들은 어머니에게 먹을거리를 받아 산으로 놀러 가
거라. 신 나게 놀면서 젊음을 즐겨라. 아들아, 너도 놀러 가거
라……. 그러나 모두들 저녁기도 시간에 맞춰 돌아와야 한다! 알
아들었느냐?"

자리를 정리한 뒤 아버지는 쉬러 갔다. 그 당시에는 오늘날처럼
이런 말도 안 되는 방문은 없었다. 사람들에게 뽐내기 위해 젊은
이들은 화려한 옷으로 갈아입었다. 썰매에 삼두마차를 매고는 쏜
살같이 시내로 달려가기도 했고, 여러 가지 놀이를 계획하기도 했
다…….

모든 것이 단순했다. 옷도, 음식도, 이야기도, 사람들도 단순하
고 편했다. 물론, 잘못도 하고 반항도 있었지만 부모님을 두려워
했다! 부모님을 존경하고 그들에게 경의를 표했고, 신을 믿었다.
사람들은 영혼을 갖고 있었고 약삭빠른 잔꾀를 부리지 않고 성경
에 쓰인 대로 단순하게 인생을 살았다.

그런데 지금의 삶은 어떠한가? 에후!

삶은 다채로워졌지만, 얼마나 허황된가! 시대에 뒤처지는 사람
은 현재의 삶을 이해할 수 없다.

무슨 일이 벌어지고 있는가? 불가사의하다. 화려하고 혼란스런 삶이 되었고, 이제 사람들은 두려움을 모른다. 모두들 마음이 아니라 이성에 따라 살며, 현 상황에서 벗어날 수 있는 일확천금을 노린다. 허약한 것도 문제다. 몸도 마음도 허약하다. 부모님에 대한 존경, 집안의 가장에 대한 두려움, 어머니와 아버지에 대한 존경심은 어디로 사라졌는가?

예를 들자면, 오늘과 같은 경우이다. 오늘은 위대한 예수의 탄생일이다. 두 딸인 마리야와 소피야는 아침예배 시간까지 늦잠을 잤는데, 아내는 애들을 깨우지도 않았다. 몸이 약하다나 뭐라나. 새벽예배에도 다니는데 몸이 약하다니? 왜? 신을 믿지 않기 때문이다. 피아노 건반을 무두질하듯이 두드리는데 약하다니. 게다가 쉴 새 없이 집 안을 돌아다니는데. 파티 때마다 몇 시간씩 춤을 추기도 하는데……. 학교에서 공부를 하면서 도대체 뭘 배운 걸까? 딸들을 그곳에 보내는 게 아니었는데……. 그러나 어쩔 수 없었다. 지금은 그게 유행이고, 결혼도 해야 하니까. 부끄럽지만, 학교 졸업장이 없으면 시집가기도 어렵다. 포마 미로노비치가 딸의 결혼 지참금으로 백만 루블을 주지는 않을 테니까. 혼이 난 딸들은 식사 시간에는 뾰로통해 있더니 금세 음악을 연주하고 있다. 아버지의 훈시는 그들에게 소귀에 경 읽기나 마찬가지다. 어머니는 딸들 손아귀에 잡혀서 아무런 힘도 발휘하지 못한다. "엄마는 이해

못해!", "아빠, 이제 그런 건 안 통해요.", "아빠, 엄마는……." 러시아어도 아닌 괴상한 언어다. 한 번도 그런 언어를 들어본 적이 없다…….

딸들은 한여름의 새와 같다. 약혼자들이 나타나 청하기만 하면 금방 쥐버릴 것이다. 딸들은 사라지고 아버지와 어머니의 권한에서 벗어난다. 그럼 아들 야쉬카가 남는다. 언젠가부터 그는 백만장자 후계자처럼 군다. 언제 아들이 그렇게 되었을까? 어렸을 때는 아버지의 말을 잘 들었다. 지금 그의 나이 서른 살인데……. 짧은 프록코트, 알록달록한 넥타이, 긴 장화 대신 짧은 장화를 신고 다니는데……. 이건 어쨌든 괜찮다. 그런데 그가 내뱉는 말들은……. 자유로운 막말인가? 어디서 그런 것을 배웠을까?

"아빠, 우리처럼 막대한 재산을 갖고 있으면 시대에 맞게 보란 듯이 살아야 해요. 안 그럼 창피하지요."

"아빠, 우리처럼 돈이 많은 사람은 구닥다리 같은 원초적 감정에 연연해할 필요가 없어요. 지금은 도처에서 문명화가 진행되고 있어요. 우리 같은 사람은 새로운 삶을 향해 나아가고, 쓰레기를 털어내듯 구습을 떨쳐버려야 해요."

이건 도대체 무슨 말이지? 할아버지 미론 모솔로프에게 말했다면, 야쉬카는 뼈마디 하나도 제대로 추리지 못했을 것이다! 다행히 아버지에게 말했기 때문에 그나마 목숨을 유지하고 있는 것이다. 아버지 포마는 그의 말을 듣지만 침묵하고 있다. 수완 있는 그가 아버지의 재산을 열심히 불리고 있기 때문이었다. 아들에게 매인 고삐를 조금만 더 느슨하게 푼다면 그는 꼬리를 쳐들고 미친 듯이 질주할 것이다. 방탕하게 술 먹고 놀면서 온갖 사치를 부리고 돈 자랑을 하면서 할아버지와 아버지가 힘겹게 모은 재산을 한순간에 다 탕진해버릴 것이다.

지금도 그럴 소지가 충분히 보인다. 그는 모스크바에 다니면서 천오백 루블짜리 가구를 사기도 하고……. 할아버지는 참나무의자에 앉아 생활했는데……. 야쉬카는 삼천 루블짜리 그림도 샀다. 바보 같은 짓을 많이 하고 있다. 누구 돈으로? 결혼 지참금으로 며느리에게 십만 루블을 줬을 뿐이다. 그렇다면 아버지의 사업을 청렴하게 관리하고 있는 건 아니라는 말이다. 야쉬카는 지금 밖에 나갔다……. 그에게는 강인한 기질이 전혀 없다. 저속한 유행에만 빠져 있어 마음이 아프다……. 아버지를 어려워하지만 존경하지는 않는다. 예전에는 어려워하지는 않았지만, 부모님에 대한 두려움을 갖고 있었다. 그 두려움에는 부모라는 존재에 대한 존경심이 담겨 있었는데…….

마음껏 돈을 쓰기 위해 야쉬카는 아버지의 죽음을 기다리고 있다……. 곧 때가 올 것이다. 아버지 나이가 예순 셋이니. 아버지를 매장하자마자 온 도시에 돈을 뿌려댈 것이다……. 돈으로 많은 사람을 매수할 테지만 허울뿐인 존경심에 대한 비싼 대가를 치를 것이다. 지금도 그는 존경을 받고 있다. 아버지의 허락을 받아 한 학교에 오천 루블을 기부했고, 이 때문에 시에서 감사장을 받았다. 의회에서도 인기가 있다. 이건 좋은 일인데…… 그런데 의회에서 돌아와서는 아버지의 눈을 똑바로 쳐다보며 말했다. "아빠, 바로 이것이 오늘날의 생활방식이에요. 제가 오천 루블을 버렸지만 그 대가로 대중적인 지지를 얻었잖아요. 이건 아주 사소한 거예요. 곧 경리과의 납품 계약을 따낼 거예요. 확실해요. 오천 루블을 투자해서 몇 배나 더 큰 것을 받지요. 아시겠어요? 이것이 바로 문명화라고요! 아버지 시대에는 이런 게임의 패는 없었지요!" 거짓말! 예전에도 있었다. 그전에는 교묘한 장난 없이도 돈을 모을 수 있었고, 옛날의 돈은 오늘날보다 깨끗했다. 악마적인 잔꾀 없이도 쉽게 돈을 벌 수 있었다…… 오늘날에는 모든 것이 교활하게 행해지고 있어서 단순한 러시아인의 머리로는 이해할 수 없다. 모두들 똑똑한 체하는데…… 도대체 뭐가 똑똑해졌다는 거지? 지금이나 예전이나 똑같은 것을 추구하는 게 아닐까? 모두들 돈을 찾아 날뛰고 있다. 오늘날에는 거짓말이 더 난무해졌다. 그래, 모두 잘들 살아라! 포마 미로노비치는 지금처럼 살다 죽을 것이다.

"그런데 무엇 때문에? 삶을 변화시킬 수 있습니다……. 아직

안 늦었을지도…….”

　포마 미로노비치는 부르르 몸을 떨며 눈을 감았다. 눈앞에 있는
의자에 부드럽고 큰 눈을 한 작고 마른 창백한 사람이 앉아 있었
다. 그는 늙지도 젊지도 않았다. 전혀 위험해 보이지 않을 정도로
연약한 외모였지만, 그의 두 눈은 사람을 사로잡는 힘이 있었다.
정면으로 진솔하게 쳐다보는 두 눈 때문에 이것이 바로 인간-영
혼이라는 것을 즉시 알 수 있었다. 평생 양 어깨에 커다란 짐을 지
고 있었던 듯 인간-영혼은 매우 지쳐 있었다.

　“당신은 누구요?” 머리를 든 포마 미로노비치가 신뢰하는 듯한
미소를 띠면서 물었다.

　“나는…… 유랑하는 존재지요……. 포마 미로노비치, 내 걱정
은 마시고, 하던 일을 계속하세요.” 차분하고 선량한 목소리로 인
간-영혼이 부드럽게 말했다. “그러나 당신이 나에 대해 알기를
원한다면, 이야기해줄게요. 모든 사람들은 살면서 지금 같은 운
명의 시간을 겪지요. 인간의 영혼이 동요하는 시간 말입니다. 인
간은 영혼의 생각이 있지요, 특별하면서도 가장 진실되고 인간적
인 생각이……. 보통 그 생각은 억압되어 있다가 갑자기 힘을 내
서는 영혼에 쌓인 삶의 먼지를 털어내요. 영혼이 동요하는 것이지
요. 마치 지나온 삶의 과정을 되돌아보듯이 말입니다.”

　“맞아! 종종 그렇지!” 포마 미로노비치는 탄성을 지르며 소파

에 앉았다.

"삶을 되돌아보는 그런 순간, 생각을 정리하는 것을 돕기 위해 내가 나타나지요." 인간-영혼이 조용히 말했다.

"좋아요! 당신은 아주 멋진 일을 하고 있습니다! 그 대가로 많은 돈을 내야 합니까? 아니면 누가 무엇을 지불해야 합니까?"

인간-영혼은 조용히 웃기 시작했다.

"포마, 난 도움에 대한 대가를 받지 않습니다!"

"신의 이름으로 맹세하시오?"

"맹세가 없더라도, 포마…… 그만하시죠. 문제의 핵심은 그게 아니니까……."

"궁금한 게 있는데, 내게 당신이 필요한 걸 어떻게 알았소?"

인간-영혼은 다시금 웃기 시작했다.

"음…… 내겐 직감이 있지요. 인간의 영혼이 익숙지 않은 생각에 휩싸이는 즉시 알아챈답니다. 그럼 당장 그에게 도움을 주기 위해 나타나죠."

"그래요! 그럼 내게는 무슨 얘길 하겠소?" 포마 미로노비치가 물었다.

"포마, 잘 들으세요……. 당신은 아들 야쉬카에 대해 생각하고 있었지요……. 아들이 당신의 죽음을 기다리며 막대한 재산을 가지려고 하지요. 제대로 보셨습니다. 야쉬카는 그걸 원하지요……."

"원한다고? 이 짐승 같은 놈!" 포마 미로노비치는 분노에 차서 소리쳤다.

"원하지요." 우수에 찬 인간-영혼은 고개를 끄덕였다. "당신 아들은 형편없는 사람이죠. 부잣집에 태어났고 혼자서는 무엇을 할 능력이 안 되지요. 당신이 살아 있는 동안은 일할 테지만 당신이 죽으면 다른 이들, 즉 고용인들이 야쉬카 대신 일할 것이고, 야쉬카는, 그냥 숨만 쉬겠지요. 당신이 평생 동안 밤낮으로 열심히 모은 돈으로 빈둥거리면서 돈을 흥청망청 헛되이 쓸 것입니다. 그런데 무릇 돈이란 의미 있는 일에 쓰여야 합니다. 그래야만 거룩한 결과를 낳지요."

"그런가? 거룩한 결과? 돈을 교회에 기부하라는 말이오?" 포마 미로노비치가 물었다.

"기다리세요, 말을 끊지 마세요. 당신이 어떻게 살아왔는지 한번 생각해보세요. 시에서 당신은 존경을 받지 못하죠. 멀리 떨어진 거리에서도 당신에게 인사를 하지만 그건 두려움 때문이지요. 그렇지 않으면 당신이 가만두지 않으리라는 걸 알고 있으니까요. 포마, 아무도 당신을 좋아하지 않아요……."

"이봐, 나도 다 알고 있어. 나도 아무도 좋아하지 않아……." 포마 미로노비치가 불쾌한 듯 말했다. "사람들이 내게 무슨 의미가 있어? 신이 나의 심판관이지, 그들은 아냐……. 그들은 모두 피고일 뿐이야……. 그들이 나를 심판할 수는 없어……."

"그런데 심판을 합니다, 포마." 인간-영혼은 슬픈 듯이 머리를 끄덕였다.

"그럼 심판하라지……. 그들이 심판하면, 신이 다시 조정하실 거네……."

"심판합니다, 가혹하게. 포마 모솔로프는 정당하지 않은 방법으로 많은 돈을 모았다고 말들 합니다. 타인의 눈물과 노동의 대가로 말입니다. 그래서 돈에서 죄의 냄새가 난다고……."

"뭐라고? 말도 안 돼!" 포마 미로노비치는 쓰디쓴 웃음을 웃었다. "냄새가 난다고! 내 돈에서 무슨 냄새가 나는지 그들이 어떻게 안단 말이야? 냄새 맡으라고 준 적도 없는데……. 죄의 냄새가 난다니. 다른 냄새가 나는 돈도 있는가?"

"포마 씨는 옳지 못한 방법으로 돈을 모았고 그 돈으로 무얼 할지도 모른다고 말합니다. 밤낮으로 돈 때문에 벌벌 떠는데 머리가 나빠 돈도 제대로 세지 못한다고 하지요. 포마 모솔로프는 백만장자이지만 가엾은 사람이다, 많은 돈 때문에 그의 삶은 불안하고 답답하고 아무것도 보지도 알지도 못한 채 어둠 속에서 산다, 사람들도 도와주지 않고, 사람들은 그를 싫어한다, 이렇게 말합니다. 포마 모솔로프는 곧 죽을 테고, 그의 아들이 곶감 꼬치 빼

먹듯이 돈을 펑펑 써버릴 것이며, 포마의 모든 노력은 헛되이 사라지고, 그가 살았다는 사실을 아무도 기억하지 못할 것이라고들 하죠. 그들은 당신을 경멸하면서도 동정해요. 포마 씨는 불행하고 불쌍한 인간이었어!"

"거짓말! 거짓말이야!" 있는 힘껏 소리치며 분노에 몸을 떠는 포마 미로노비치는 얼굴이 하얗게 질린 채 소파에서 벌떡 일어났다. 포마는 인간-영혼에게 몸을 굽히고 광포해진 짐승처럼 위협적으로 소리쳤다. "가서 그들에게 말해, 거짓말이라고! 나는 불행하지도 불쌍하지도 않아……. 나는 그들 모두를 살 수도 있어!"

"또 뭘 할 수 있죠, 포마?" 슬픔에 찬 인간-영혼이 차분하게 포마의 말을 가로막았다.

"또? 또? 복수하고 말겠어!"

"어떻게 복수하지요?

"어떻게? 할 수 있어! 내 돈 전부를 공개적으로 불살라버리는 거야. 모두들 부러워하라지."

"그럼 백만장자 포마 모솔로프가 드디어 미쳤다고 말들 하겠죠. 그러곤 다시 경멸적으로 동정하겠죠."

소파에 털썩 주저앉은 포마 미로노비치는 인간-영혼을 진지하게 응시했다. 그 역시 포마에게서 애수 띤 다정한 눈길을 돌리지 않았다. 그렇게 두 사람은 오랫동안 침묵을 지키고 앉아 있었다.

일순 자존심을 내던져버리자 포마 미로노비치는 백만장자인 자신이 불행하고 가엾은 사람이라는 생각이 들었다.

"이봐, 거기 있는 당신은 누구야? 악마도 아니고, 천사도 아니고." 포마 미로노비치가 마음이 허한 듯이 말했다. "당신은 내가 죽기 전에 무슨 일을 해야 할지 알고 있나? 알면 이야기해 줘……."

"알고 있습니다! 나는 양심을 위해 당신에게 왔으니까요." 인간-영혼은 부드럽게 미소 지었다.

"그럼 이야기해봐……. 꾸물대지 말고 마음 편하게 빨리……."

"포마, 복수는 필요해요, 그건 당신이 옳지요……."

"어떻게?!"

"간단하죠. 우선 당신의 과거에 복수하고 무익한 당신의 삶을 정당화하는 겁니다. 당신은 무엇을 위해 살았죠? 의미 없는 삶이었죠. 열심히 일했는데 무엇 때문이지요? 돈 때문에? 어디에 쓰죠? 돈을 무덤 속에 가져갈 수는 없죠."

"제발, 꾸물대지 마오!" 포마 미로노비치가 간절하게 부탁했다.

"당신의 돈으로 학교, 영혼을 위한 집, 또 도시에 필요한 것을 지으세요……."

"뭐라고! 너무 지나친 거 아니오?" 억지로 미소를 띤 채 포마 미로노비치가 말했다.

"이 건물들은 영원할 것이고, 포마 당신을 영원히 기리는 기념비가 될 겁니다. 모든 사람이 포마 당신이 무얼 위해 살고 돈을 벌었는지 알 겁니다. 돌로 지은 건물이 있는데, 누가 지었죠? 고인이 되신 포마 미로노비치 모솔로프지요. 그에게 영원한 안식을! 도시에 있는 좋은 건물들은 모두 그가 지은 것이죠. 마음이 바다 같은 분이셨어요. 평생 동안 열심히 일하시다 그리스도 말씀에 따라 전 재산을 사람들에게 기부했죠······."

"그래······. 그럼 내 삶이 정당화되겠군······." 포마 미로노비치는 생각에 잠겨 말했다.

"그건 사람들뿐만 아니라 신에게 당신을 정당화하는 것이죠. 그리고 당신은 사람들에게 복수도 하게 되는 것이고요······."

"빌어먹을 놈들!" 포마 미로노비치는 손을 흔들며 입술을 꼭 다물었다.

"아니죠. 당신은 자신을 위로하고, 그들을 가르치는 겁니다." 인간-영혼이 진지하게 말했다.

"그건 또 어떻게?"

"당신이 그들에게 자선을 베풀면, 그들은 당신에게 감사하려고 찾아올 겁니다. 그때 그들에게 말하세요. '내게 뭘 바라는 거요? 당신들은 나한테 아무것도 기대하지 않았고, 나 역시 당신들에게 아무것도 기대하지 않습니다. 그러니 꺼지십시오!'"

"그렇지!" 포마 미로노비치는 경탄해서 소리쳤다. "당신 아주 멋진 복수를 생각해냈군! 멋져! 그럼 그들은 어떻게 할까? 화가 머리끝까지 나서 부들부들 떨겠지! 이보게, 건물을 짓겠네! 그건 정말 가치 있는 일이야! 그건…….."

"그들에게 이렇게 말하세요. '당신들은 나를 심판하고 비방했습니다. 당신들 자신은 심판받고 비난받지 않습니까? 당신들은 누구지요? 사람입니다. 그럼 나는 누구죠? 인간이죠. 생을 마감하지도 않았는데 어떻게 당신들은 나에 대해 심판하죠? 이제 나는 죽음 앞에서 모든 것을 희사하고 내 전 생애를 구원받았습니다. 당신들도 이렇게 할 수 있습니다. 상대를 성급히 심판할 필요는 없을 텐데, 여러분은 너무 성급하게 심판을 했습니다. 여러분 모두가 죄인이라는 사실을 잊지 마십시오. 그런데 여러분은 죄인에게 감사하기 위해 이렇게 오셨군요……. 꺼지십시오. 내게 여러분의 감사는 필요 없습니다!'"

"당신, 멋지군! 멋져! 그렇게 하겠어! 전 재산을 털어 궁궐 같은 건물들을 짓겠어. 희사하겠어! 당신과 내가 함께…….."

포마 미로노비치의 흥분한 목소리를 들으면서 인간-영혼은 슬픈 듯이 미소 지었다.

"당신을 뭐라고 부를까? 인간……. 내 전 재산을 털어 멋진 건물을 지을 거야! 그리고 그들에게 당신이 말한 것을 그대로 말하겠어…… . 말할 거야! 그들에게 말할 거야!"

갑자기 인간-영혼은 작아지면서 녹아 없어졌다…… . 그의 슬픈 두 눈만이 남았다가…… . 마지막으로 부드러운 미소를 보내더니 사라졌다…… .

"가지 마! 어디로 가는 거야? 당신 누구야?" 포마 미로노비치가 소리쳤다.

……땀투성이가 된 그는 잠에서 깼다. 그는 떨리는 손으로 어쩐 일인지 소파 앞에 놓여 있는 의자를 만지작거렸다. 그리고 다시 소파 위에 누워 인상을 쓴 채 생각에 잠겼다…… . 한참이 지난 후에 그는 속삭이듯이 말했다.

"한번 꼬집어볼까? 그러면? 에이, 환영이었어!"

포마 미로노비치는 다시 깊은 생각에 잠겼다.

종.

성삼위일체 교회는 산 위에 자리 잡고 있었다. 산비탈을 따라서 소도시가 펼쳐져 있었다. 작은 강으로 둘러싸인 산 아랫부분으로 내려오며 자리한 이 도시는 교회 종탑에서 내려다보면 작은 오두막집까지 정도로 조그마했다.

신록이 우거진 도시는 위에서 내려다보면 이상한 느낌을 주었다. 한때는 산 정상에 위치하고 있었으나 누군가 강제로 산 밑으로 던져버린 듯했다. 똑같은 형태의 집들이 산으로 돌진하려 했으나 산을 덮고 있는 무성한 나무와 관목 때문에 더 이상 나아가지 못하고 무질서하게 흐트러져 있는 듯했다.

울창한 녹음을 배경으로 지붕과 벽들이 작은 점처럼 곳곳에 어른거렸다. 그 한가운데 교회 종탑이 멋들어지게 위로 불쑥 솟아 있었다. 도시민들이 추구해야 할 목표 지점을 가리키는 등대인 양

햇빛에 반짝거리는 금속 십자가가 고혹적으로 도시 위에서 빛나고 있었다.

흐드러진 녹음의 바다에서 높이 솟아 있는 것은 종탑과 봉화대, 두 곳뿐이었다. 그보다 더 높이, 산 위 보리수가 무성한 곳에 황금 지붕을 한 흰색의 성삼위일체 교회가 서 있었다. 아주 오래전에 한 부자 상인이 산 모서리에 있던 자리에 교회를 건립했다. 세 방향에서 교회를 둘러싸고 있는 웅장한 보리수들이 향기로운 나뭇가지로 교회 벽에 그늘을 던지고 있었다. 도시를 향해 나 있던 보리수들은 벌목되어 있었다. 교회로 올라가는 입구는 신자를 환대하듯이 도시 쪽으로 달려 있었다. 사람들이 멀리서도 신이 거처하는 교회의 묵중한 문을 바라볼 수 있도록 무성한 숲이 길을 내준 듯했다.

오 년 전쯤 도시에서 세일가는 부자 상인 안티프 니키티치 프라호프가 성삼위일체 교회를 새롭게 복원했다. 그는 교회를 확장하고 성단의 휘장과 지붕을 도금했으며, 종탑을 올리고 열 톤이나 되는 아주 커다란 종을 기부했다. 도시 전체에서도 그런 종은 처음이었다.

종탑에 종을 올리기 위해 안티프 니키티치는 동분서주했고 많은 시민들이 도와줘야 했다. 도시에 떠도는 이야기에 따르면, 마치 종이 '원하지 않는 양' 들어 올리기가 쉽지 않았다고 한다.

시민들은 젖 먹던 힘까지 내서 종을 들어 올려야 했고 결국 기진맥진했다. 어쩐 일인지 건물 처마랑 종이 부딪치거나 밧줄이 꼬이거나 끊어지거나 했다……. 뜨거운 여름날 일하는 데 지친 사람들 사이에서 불만이 터져 나왔다.

"제발 좀 쉽게 올라가면 좋을 텐데! 누가, 무슨 돈으로 종을 주조했는지가 중요해."

그렇게 말하면서 시민들은 자신들 사이에서 바쁘게 움직이는 안티프 니키티치를 곁눈질했다. 흥분과 열의에 찬 그는 힘이 있으면서도 부드러운 목소리로 그들에게 소리쳤다.

"자, 여러분, 힘냅시다! 좀 더 잘 잡아요! 신을 위해 일합시다."

땀으로 뒤범벅된 시민들의 얼굴에 힘줄이 붉어졌다. 그들은 용을 쓰고 소리치며 밧줄을 잡아당기면서 속닥거렸다.

"신을 위해서라고? 이런! 말은 잘하네! 흡혈귀 같은 당신이 신을 알기나 하겠어. 잘난 체하려는 거지……."

"잘 잡으시오!" 자신도 밧줄을 잡으면서 안티프 니키티치가 흥분해서 소리쳤다.

그는 쉰 살 정도로 흰머리가 많이 섞인 검은 머리에 키가 크고 건장한 인물이었다. 짙은 눈썹 밑의 커다랗고 영리한 눈은 모든 것을 차갑고 냉소적으로 불신하듯 바라봤다. 검은 턱수염이 무성한 커다란 얼굴 한가운데 있는 큰 매부리코는 탐욕스러움과 힘을 나타냈다. 툭 튀어나온 주름진 이마, 힘 있는 큰 목소리, 자신 있는 태도, 이 모든 것은 자신만만하고 완벽하며 고통스런 영혼의 동요나 양심의 가책을 전혀 느끼지 않는 안티프 니키티치의 성격을 금세 드러냈다.

엄청난 부자지만 냉정한 그를 도시에서는 아무도 좋아하지 않았다. 그러나 그는 돈도 많고 성격도 강해서 모두들 그를 두려워했고 이 때문에 오히려 그를 더 싫어하게 되었다.

종을 들어 올리면서 안티프 니키티치에 대해 욕들을 했지만, 크게 들리는 소리는 전혀 달랐다.

"신이여, 안티프 니키티치의 건강을 지켜주소서. 그는 당신의 성전을 위해 혼신의 힘을 다하고 있습니다!"

그러나 안티프 니키티치는 그런 형식적인 인사말을 믿기에는 세상 물정을 너무 잘 아는 사람이었다. 그래서 칭찬에도 무덤덤했고 비난에도 화를 내지 않았다. 마침내 종을 제자리에 올렸을 때 그는 자신을 매우 자극하는 이야기를 듣게 되었다.

교회로 올라가는 입구에 앉아 한숨 돌리고 있던 시민 중 한 사람이 안티프 니키티치가 멀지 않은 곳에 서 있다는 사실을 눈치채지 못한 채 깊은 생각에 잠겨 심각하게 말했다.

"이 종은 깨져야만 하는데……."

안티프 니키티치는 눈썹을 찌푸리고 냉소적으로 미소를 짓고는 아무 말 없이 집으로 돌아갔다.

　팔 월 십오 일 성모승천제 날 새벽 예배에 맞춰 첫 종소리가 울려 퍼졌다. 멋진 종소리를 기대하는 긴장된 마음에 숨이 멎을 것 같은 안티프 니키티치는 떨리는 손으로 타종했다. 묵직하면서도 아름다운 종소리가 공기를 흔들며 도시, 강, 목초지에 울려 퍼졌다. 그의 심장은 멎을 듯했고, 자랑스러움과 기쁨에 차 무릎을 꿇기까지 했다. 흡족한 그는 다리를 쩍 벌리고 종탑에 서서 근육질의 팔로 다시 한 번 종을 울렸다. 만족감에 빠져 맹렬히 추를 흔들어대며 온통 땀범벅이 된 그는 눈을 번득이면서 전율했다.

　기도 시간을 알리는 웅장한 종소리가 여름날 아침의 상쾌한 공기 속으로 멀리까지 퍼져 나갔다.

　종소리가 멈춘 후에도 종탑 입구의 난간에 앉은 안티프 니키티치의 마음속에는 아직도 멋진 종소리의 여운이 남아 있었다. 그는 숨을 몰아쉬며 막 햇살이 비치기 시작한 아래쪽 도시를 내려다봤다.

　사람들이 거리를 오가면서 산 위와 그가 앉아 있는 종탑을 쳐다보는 것이 보였다. 그들의 목소리는 들리지 않았지만, 가끔 그들은 손가락으로 위를 가리켰다. 안티프 니키티치는 그런 모습을 흐뭇하게 지켜봤다.

　저기 아래에 있는 사람들이 모두 아주 작고 불쌍하고 비열한 사람들이라는 사실이 그를 더 흐뭇하게 했다. 땅 위 높은 곳, 제일 높은 곳에서 신선한 아침 공기를 맡으며 자신의 종을 치는 일이 그를 기쁘게 했듯이 그들도 그랬으면 하고 바라면서 그는 만족스런 미소를 지었다. 도시 전체에서 그 혼자만이 이런 즐거움을 누릴 권리를 갖고 있었다. 이제 도시 전체가 종과 안티프 니키티치에 대해 말할 것이다.

물론 그의 모든 죄에 대해서도 이러쿵저러쿵 떠들 것이다.

마음대로 하라지. 그는 자신의 종을 갖고 있다. 그 종은 모든 사람들의 대화보다 더 크게 울려 퍼지며, 신에게 예배 드리도록 그의 사원으로 사람들을 인도할 것이다……. 그런데 그들이 뭐라고 하건, 그와 무슨 상관이 있단 말인가?

'심판하지 마시오, 스스로 재판관이 되지 마시오.' '너희들 중 죄 없는 자가 세일 먼저 돌을 던져라…….' 그들은 모두 저기 아래에서 자신은 죄가 없다고 생각하며 안티프 니키티치에 대한 여러 가지 유언비어를 퍼트리고 있다……. 왜 그들은 그런 짓을 하는가? 그의 재산에 대한 부러움, 돈을 불리는 그의 능력에 대한 질투심인가?

종을 헌사한 이후 훨씬 더 자신감이 넘치고 냉혹해진 안티프 니키티치는 한층 더 사람들을 불신하게 되었다.

'두고 보자!' 차갑게 미소 지으며 그는 생각했다. '곧 선거인데

누가 시장이 될지 두고 봐!'

　자신이 당선될 것을 그는 알고 있었다. 이변은 없을 것이다. 도시에서 영향력을 행사하는 대부분의 사람들이 그를 지지했다. 누구는 당연히 그래야 하고, 또 누구는 그 덕분에 벌어먹고 살고, 또 다른 누구는 그와의 유대관계를 원한다. 그래서 그들은 모두 그에게 시장자리를 양보할 것이다. 자신이 시장이 되는 것보다 더 많은 것을 얻어낼 수 있기 때문이다. 물론 고집 센 사람들도 있어 그에게 반대표를 던지겠지만 그 수는 많지 않다.

　안티프 니키티치는 시장이 될 것이다. 도시 전체가 그의 손아귀에 놓이면, 그는 도시로부터 마지막 피 한 방울까지 짜낼 것이다. 아주 능숙하게 일을 처리해서 그 누구도 그를 방해하지 못할 것이다. 어쩌다 선량하고 훌륭한 사람이 되고자 하는 마음이 생기면 그때는 전 재산을 도시의 복지를 위해 기부할 것이다. 양로원을 세우고 교회도 건립하고 도로를 포장하고 거리를 정비할 것이다. 부자이기에 가능한 일이다. 이 모든 것은 그의 뜻에 달려있다. 따라서 돈은 바로 힘이다. 돈보다 더 강한 것은 오직 하늘에 계신 신뿐이다. 그런데 신께서 그를 어여삐 여기셨고 그는 하는 일마다 운이 따랐다.

　얼마나 많은 사람들이 그 앞에서 눈물을 흘리고 푸념하고 그를 비난했는지 회상하면서 안티프 니키티치는 자주 상념에 잠겼다.

그의 돈 때문에 파산한 많은 사람들이 가난과 고통을 겪었고 지금도 마찬가지였다. 이런 기억을 떠올리자 가슴속이 찌르는 듯하다가 불쾌한 마음이 들었다. 그러나 그는 곧 커다란 머리를 힘차게 흔들면서 속삭이듯 말했다.

"모두 다 신의 뜻이야. 운을 타고 난 게 내 잘못은 아니잖아? 흔들릴 필요 없어. 내가 뭔 잘못이 있어. 다 신의 뜻이야……."

그러곤 그는 다시 일에 착수하여 사업을 점점 확대했다. 매점매석을 한 뒤 물건을 되팔았다. 강철망 같은 그의 팔이 도시 전체를 휘감았다. 그는 자기 손바닥처럼 도시를 잘 알고 있었다.

……오 년 동안 모든 경축일과 휴일 예배 때마다 안티프 니키티치는 자신이 헌사한 종을 쳤고 그 소리를 음미했다.

부활절이 다가왔다. 올해는 시기가 늦어져서 이미 온갖 꽃들이 만발했다 시들었고, 산 위 교회를 둘러싸고 있는 보리수만이 꽃망울을 터트리며 향기를 내뿜고 있었다. 대지는 촉촉했고, 도시 전체는 예쁜 녹음 속에 빠져 있었다. 강물이 많이 불지도 않았는데 목초지에는 이미 군데군데 수풀이 우거졌다. 부활절 전의 수난일에 안티프 니키티치는 금식했다. 의식을 철저히 지키고 성찬을 받으면서 언제나처럼 그는 성병(聖餠)과 차 외에는 아침까지 아무것도 먹지 않았다. 그리고 기독교인이자 유명인사가 당연히 해야 할 일인 양 축일 준비로 온종일 집 안을 분주히 돌아다녔다. 교회에 가서 모든 것이 제대로 되어 있는지 살펴보기 위해 그는 아내에게 밤 열 시에 깨워달라고 부탁한 뒤 저녁 무렵에야 잠시 쉬려고 자리에 누웠다. 안티프 니키티치는 교구의 신도들 앞에게 자기 교회가 아름답고 멋져 보이기를 원했다. 그래서 그는 아침부터 교회의 내부와 외부를 풀들로 꾸미라고 지시했다. 보드카, 등불을 대량으로 구입하고, 성상화의 성인들이 더 멋지게 보이도록 별, 십자가, 후광을 만들라고 목수들을 고용했다…….

밤 열한 시에 그는 벌써 교회에 있었다. 교회를 둘러보니 모든 것이 완벽하게 준비되어 있었다. 그는 마음이 편안하고 기분이 좋아졌다.

"루카, 모든 게 잘 준비되었소?" 높은 사다리 위에서 성상 앞의 샹들리에를 만지작거리고 있는 병사 출신의 무뚝뚝한 노인인 교회 일꾼에게 물었다.

루카 노인은 확신 있게 이야기하는 경우도 드물고, 말하기 전에도 오랫동안 꾸물거리기 일쑤였다. 노인은 불 켜진 밀랍 초를 손에 들고 아래를 내려다보며 얼굴을 찌푸린 채 대답했다.

"다 된 것 같은데."

"나한테 촛농을 떨어뜨리지 마시오!"

"촛농이 떨어졌는가?" 루카 노인은 무덤덤하게 말했다.

"안 떨어졌는데 그러겠소? 봐, 여기 소매에 떨어졌잖소…….."

"내 참……. 여기서는 보이지도 않아."

"내려와서 보시오……." 안티프 니키티치는 루카 노인을 어수룩한 사람이라 생각하며 미소를 지었다.

"그래, 내려가지."

"참, 도깨비 같으니! 일이나 제대로 하시오." 사다리에서 멀어지며 안티프 니키티치가 투덜거렸다.

교회 안은 어둡고 무서웠다. 어딘가에서 램프불이 빛나고 있었다. 램프의 떨리는 불꽃 때문에 벽, 마루, 성상화들에 그림자가 드리워졌다. 향기로운 풀, 향, 불타고 있는 아마 램프심지 냄새가 났다.

누군가의 커다랗고 거슬츠레한 눈이 빛나듯이 휘장의 돌출된 부분이 어둠 속에서 반짝거렸다. 금속 장식을 단 가사를 입은 성상화들의 어두운 얼굴들이 음침하면서도 엄숙하게 바라보고 있었다. 발소리는 벽에 부딪혀 울러 퍼졌다. 교회 안의 모든 것은 신비로웠고, 아주 세세한 것까지 신경 쓰는 깊은 상념에 빠져 있는 듯했다. 감각적인 고요는 무언가를 기다리고 있었다. 선지자 이사야는 왼편 찬양대석에서 불타는 눈으로 바라보고 있었다. 그의 얼굴은 영감에 차 있었고, 튀어나온 이마의 깊은 주름 속에는 일종의 징벌의 표시가 숨겨져 있었다. 오른편 찬양대석에는 피곤에 지치고 상념에 잠긴 우수 어린 선지자 예레미야가 돌 위에 앉아 있었다. 앞으로 몸을 숙인 채 슬픈 눈으로 교회집사를 바라보고 있는 그는 무언가 소박하면서도 감동적인 것을 말하고 싶어 하는 듯했다.

안티프 니키티치는 깊은 숨을 내쉬고 성호를 그었다. 그런 뒤 선지자들의 성상화를 주문하러 가서 교회 제단의 옆문에서 성상화 값을 흥정하던 일을 회상했다. 성상화가는 고집스럽게 삼백 루블을 요구했다. 안티프 니키티치는 아주 힘겹게 사십 루블에 성상화들을 흥정할 수 있었다. 침례교도들은 일도 적게 하고 그림도 제대로 그리지 못하면서 거의 사백 루블을 받는데 말이다.

교회 안의 어스름과 죽음 같은 정적이 안티프 니키티치를 짓눌렀다. 그는 시계를 쳐다봤다. 밤 열한 시 이십 분이었다. 그는 밖에 나가 신선한 공기를 쐬고 싶었다.

"루카! 누가 나를 찾으면 종탑에 올라갔다고 말해주오!" 노인에게 이야기한 후 그는 교회에서 나갔다.

"알았소." 그의 등 뒤에서 루카 노인의 거침없는 목소리가 들렸다. 노인의 목소리는 교회 안에 반향 되어 오랫동안 울려 퍼졌다. 그 때문에 안티프 니키티치는 오싹해졌다…….

"엉뚱한 노인네야. 해고해야 하는데……." 종탑으로 올라가며 그는 불만에 찬 듯 말했다.

……밤은 어둡고 장엄할 정도로 고요했다.

달이 기울었다. 부드럽고 어두운 밤하늘에는 사색에 잠긴 별빛이 반짝거렸다. 별빛보다 높은 곳, 저 멀리에서 눈에 띄지 않을 정도로 천천히 뭉실뭉실한 검은 먹구름이 자기 앞에 놓인 별빛들을 가리면서 솟아올랐다. 먹구름의 가장자리는 자욱한 오팔색 연기로 가득 차 있는 듯했다. 도시 위에 드리운 나뭇가지들도 검은 먹구름처럼 보였다. 도시의 창문들에서 새어나온 불빛이 희미하게 보였다. 도시 교회의 하얀 벽을 따라 검은 점들이 움직였다.

'아이들이 등불을 준비하는구나…….' 안티프 니키티치는 시계를 꺼낸 뒤 종탑 입구 난간에 서 있는 전등 쪽으로 몸을 수그렸다. 벌써 열두 시 십 분 전이었다.

안티프 니키티치는 마음이 불안해졌다. 그는 걱정스러운 듯 눈썹을 찌푸리고는 도시 교회로 시선을 던졌다. 그보다 먼저 저곳에서 새벽 예배 종소리를 울린다면 불쾌한 일이다. 그는 이미 다섯 번이나 연달아 제일 먼저 부활절 새벽 예배 모임을 알리는 종소리를 울렸다. 그는 외투를 벗은 뒤 셔츠 소매를 걷어 올리고 아래를 향해 소리쳤다.

"애들아! 등불을 밝혀라!"

그는 손에 침을 뱉고는 종 밑에 섰다. 한 손으로는 가만히 종의 추를 움직였고, 다른 손으로는 시계를 만지작거리며 분침을 주시했다. 그러면서 벽을 따라 이미 등불들이 켜져서 별과 십자가들의 불꽃 향연이 펼쳐지는 도시의 종탑을 곁눈질했다. 불붙은 등불을

든 세 명의 소년이 그에게 달려왔고, 팔딱팔딱 뛰면서 종탑 창문에 쭉 늘어선 나무십자가 컵에 불을 붙이기 시작했다.

열두 시 삼 분 전이었다. 타종할 때라고 생각한 안티프 니키티치는 재빨리 조끼 주머니에 시계를 넣은 후 성호를 긋고 추를 오른쪽으로 밀었다. 그러곤 양손으로 추를 잡고 숨죽이면서 강하게, 다시 더 강하게 타종했다…….

……낮고 굵직한 청동소리가 종탑에서 아래 도시로 울려 퍼졌다. 종소리에 귀가 먹먹하고 정신이 취해버렸지만 안티프 니키티치는 만족스런 미소를 지으며 눈을 감고 입을 벌린 채 깊이 숨을 들이마셨다. 마치 그의 머리 위에서 울리고 있는 청동소리를 공기와 함께 빨아들이려는 듯했다. 저 밑 도시에서도 종을 타종했다.

"에후!" 반 톤짜리 도시의 종소리가 구슬프고 약하게 울려 퍼지는 소리를 들으면서 안티프 니키티치는 유감스러운 듯 한숨을 내쉬었다. 그는 다시 한 번 타종한 뒤 화답을 기다렸다.

종 두 개는 마치 서로 다른 힘과 의미를 담고 있는 단조로운 목소리로 대화를 나누는 것 같았다.

안티프 니키티치의 종은 장엄하게 울려 퍼졌다. 매 타종 때마다 공기는 전율했고, 종소리는 광활하고 강력한 파도처럼 아래로 퍼져나갔다. 그 화답으로 가늘고 떨리는 소리가 울려 퍼졌다. 그 소리는 첫 종소리처럼 그렇게 오랫동안 공기 중에 머물지 못했다.

그 속에는 무언가 신음하고 짓눌린 것이 있었다.

신경을 자극하는 청동 소리에 취해 안티프 니키티치는 미소를 지으며 더 힘껏 더 자주 타종했다. 도시 교회의 종소리가 약하게 들려왔지만, 그는 그 소리마저 집어삼킬 기세였다. 몸이 더워졌다. 발을 넓게 벌리고 아직 젊은이다운 유연성을 잃지 않은 건장한 몸을 양발에 지탱한 채 전력을 다해 종을 치면서 그는 종소리와 함께 탄성을 질렀다.

"에후!"

그의 눈에는 모든 것이 움직이는 듯했다. 종탑의 등불들은 종탑과 함께 왼쪽 오른쪽으로 흔들거렸다. 바닥 역시 이쪽저쪽으로 움직이고, 종탑도 추와 함께 공기 중에서 흔들거리는 것 같았다.

종소리는 장엄하고 위엄 있게 울려 퍼졌다. 모든 것이 전율했고, 안티프 니키티치는 마치 하늘을 나는 것처럼 행복했다…….

또 한 번의 타종, 그의 종이 쨍강거리는 이상한 소리를 냈다. 약하게 타종한 탓이려니 생각한 안티프 니키티치는 더 힘차게 추를 흔들며 타종했다. 그 순간 이상하게 쩔그렁거리는 소리가 났다. 종소리가 아주 짧고 애처롭게 울리더니 금세 사라져버렸다. 도시의 작은 종소리가 허공에서 애처롭게 울리는 저 아래까지 소리가 미치지도 못했다.

등줄기가 싸늘해졌다. 추에서 손을 내린 그는 얼어붙었다. 밑을 수가 없었다. 그의 머리 위에 있는 청동종이 이상한 소리를 냈다……. 그는 종 쪽으로 양손을 뻗어 부드럽게 쓰다듬기 시작했다. 아직 온기가 남아 있었으나 종은 그의 손 밑에서 차갑게 식어가고 있었다. 도시의 종은 매순간 더 크게 울리는 것 같았다.

안티프 니키티치는 머리부터 발끝까지 몸을 떨었다. 그는 직감했다. 종이 깨졌다는 사실은 의심의 여지가 없었다. 가느다란 균열이 종을 망가뜨렸다. 양팔로 종을 꽉 껴안은 안티프 니키티치는 종에 이마를 대고 죽은 듯이 가만히 있었다…….

허리가 아프고 무릎이 덜덜 떨렸다. 머릿속에서는 반향된 종소리가 시끄럽게 울려 퍼졌다. 그는 도시를 내려다봤다……. 도시에는 이상한 작은 불빛들이 배회했다. 사방에서 불빛이 나타나더니 어둠 속에서 같은 방향인 산 쪽으로 움직였다. 새벽 예배에 가려고 시민들이 등불을 들고 움직인 것이었다.

아마 그들은 이미 종이 깨졌다는 사실을 알고 있을 것이다.

"신이여, 당신은 저를 벌하시는군요! 가혹하게 벌하셨습니다……. 제 자존심을 짓밟으셨습니다." 안티프 니키티치는 구름이 이미 모든 별빛을 감춰버린 어두운 하늘을 겁먹은 눈으로 바라보며 순종하듯 조용히 말했다.

내일이면 온 시내가 종에 대해 떠들 것이고 그 누구도 안티프 니키티치를 동정하지 않을 것이다. 지금 종탑에 서 있으면서도 땅으로 추락해 만신창이가 된 듯한 기분을 느낀다는 것이 그에게 얼마나 고통스럽고 참을 수 없는 일인지 아무도 모를 것이다. 오 년 전 종탑에 종을 올리던 그때, 교회로 올라가는 입구에서 들었던 말이 생각났다.

"이 종은 깨져야만 하는데……."

……신은 오랫동안 인간의 희생을 참아왔다. 이제 너무 역겨워진 신은 인간의 희생을 거부했다.

어둠 속에서 어른거리는 등불들은 점점 산 위로 다가오고 있었다. 사람들의 말소리가 들렸으나 태양이 쨍쨍 내리쬐면서도 바람 부는 날의 그늘처럼 순식간에 사라졌다.

"주여!" 흥분해서 떨리는 손으로 종의 균열을 만지면서 안티프 니키티치는 기도했다. "주여! 당신의 복수는 가혹하십니다! 왜 당신은 하필 오늘, 많은 기념일 중에서 가장 기쁜 날 저를 벌하십니까? 제가 세상에서 가장 죄 많은 죄인입니까? 모두들 당신의 부활을 기뻐하는데 당신은 저를 비난과 조롱 속으로 내몰았습니다. 저의 적들은 저를 비웃고…… 악의에 차 조롱할 것입니다. 해가 뜨면 모두들 기뻐하겠지만, 저는 슬픔에 빠져 있을 것입니다. 하늘의 왕, 영혼의 위로자시여! 당신께 봉사할 수 있도록 해주십시오! 제가 정말 다른 이들보다 더 큰 죄인입니까? 엘리자로프는 친동생의 아내를 빼앗고…… 딸조차…… 조카까지……. 이 세상에 죄인이 얼마나 많습니까? 당신이 부활한 이 좋은 날에 정말 저 혼자만이 벌 받을 짓을 했습니까? 오, 주여……. 저의 의지로 그 랬을까요? 삶이란 게…… 제가 삶을 만든 게 아닙니다. 주여, 우리 모두는 당신 앞에 죄인입니다……. 저를 용서해주십시오. 진심으로 용서를 빕니다. 저보다 더 나쁜 사람들도 많은데 그들은 벌하시지 않고 저만 벌하신다면 제가 어떻게 살아갈 수 있겠습니까?"

그는 종에 바짝 붙어서 흥분 때문에 메마른 입으로 기도와 용서의 말을 중얼거렸다. 그의 마음속에서는 맹렬한 불꽃처럼 타오르는 많은 생각과 회상이 소용돌이쳤다. 그 자신도 그 사실에 깜짝 놀랄 정도였다. 그는 자신이 죄 때문이 아니라 부당하게 처벌받았다고 생각했다. 그의 내면에서 신에게 퍼부을 심한 말이 떠올랐지만 차마 그 말을 할 수는 없었다. 상쾌한 새벽 공기가 그의 흥분된 몸을 감쌌다. 그는 몸을 떨었다. 종에서 떨어지며 그는 외투를 걸쳤다……. 떠나기 전에 그는 안쓰러운 듯 손으로 청동종을 어루만졌다. 맨 위 계단에 앉아 다리를 밑으로 뻗으며 그는 먼 곳을 바라봤다. 마음속에 가슴을 저미는 애수 어린 한기를 느끼면서 그는 생각에 잠겼다.

……밑에서 누군가 올라왔다……. 구부러진 계단 굽이에서 루카 노인의 대머리가 보였다. 그는 안티프 니키티치에게 부딪칠 뻔 했으나 제때 멈춰 섰고 몸을 긁적이면서 무덤덤하게 이야기를

시작했다.

"아침 예배 종을 울리러 가는데……. 종은 어떻게 됐나? 깨졌다고들 하는데?"

"다른 걸 치시오." 안티프 니키티치가 짧게 말했다.

"그러지……. 깨졌군, 진짜……. 드문 일이야! 주님의 부활절에 갑자기……. 우리가 죄인이야……. 청동이 견뎌내지 못했어……."

삐걱거리는 계단을 따라 밑으로 내려갈수록 그의 조용한 목소리는 점점 약해지더니 마침내 사라졌다. 밑으로 내려가는 루카 노인의 대머리를 바라보면서 안티프 니키티치는 생각했다. 루카 노인은 그를 동정할까, 어떨까? 금속처럼 차갑게 빛나는 대머리 때문에 그는 루카 노인이 이 일에 전혀 신경도 쓰지 않고 그를 동정하지도 않을 것이라고 단정지었다.

"주여 자비를 베푸소서!" 안티프 니키티치가 탄식했다.

그의 머릿속에서는 계속해서 종소리가 울려 퍼졌다. 매번의 타종은 이상하게도 과거를 일깨웠다.

오래전에 잊었던 장면과 일들이 생각났다. 찌르는 듯한 슬픔이 점점 강해지면서 그의 가슴을 아프게 했다. 지나온 삶을 회상하면서 그는 그때의 많은 잘못 때문에 지금 이렇게 괴로워한다는 사실을 깨달았다. 그동안 그는 사람들에게 지나치게 가혹했고 돈에 대한 탐욕도 심했다…….

……벌써 날이 밝았다.

저기, 구름이 하늘에 얼굴을 내미는 지평선 위로 연분홍빛이 떠올랐다. 먼지가 앉아 있다 다 날아가 버린 듯 목초지의 어슴푸레한 물방울들은 더 영롱해졌다.

종탑 위 하늘에 떠 있는 구름은 검은 뭉게구름 조각으로 갈라졌다. 여명 때문에 이미 빛을 잃어버린 별들이 떠 있는 푸른 하늘에 길을 내주면서, 구름 조각들은 허공을 천천히 떠다녔다.

"주님의 부활을 축하합니다!" 종탑까지 사제의 목소리가 들렸다.

안티프 니키티치는 몸을 떨면서 일어섰다……. 숲 위로 부는 갑작스런 돌풍처럼 이상한 소리가 아래에서 들려왔다.

신자들이 사제에게 화답하는 소리였다.

"진심으로 축하합니다!"

그다음 합창단원의 낭랑한 목소리가 울려 퍼졌다. 그들 중 저음의 목소리는 겨울철 눈보라가 칠 때의 전신 철조망처럼 윙윙거리는 소리를 냈다. 모든 소리가 안티프 니키티치의 귀에까지 들렸으나 그의 가슴에는 아무런 느낌도 없었다……. 그는 모자도 쓰지 않고 계단 난간을 잡고 선 채 먼 곳을 바라보며 생각했다.

'신이 나를 용서해도……. 사람들은 잊지 않을 것이다! 나는 신이 아니라 사람들과 함께 지상에 사니까……. 내일 그들은 나에 대해 수군거릴 것이다. "청동종이 안티프 니키티치의 죄과를 견디지 못했어……." 그들이 나의 심판관인가? 그래도 그들은 심판할 것이다……. 나는 그들의 말을 귀담아 들을 것이고, 그건 나에게……. 주여, 제발! 제가 정말 도시에서 가장 큰 죄인인가요? 당신이 부활한 날 저 말고는 아무도 벌할 사람이 없었나요?'

그는 내일 모든 시민들이 활짝 웃는 얼굴로 서로 입을 맞추며 이야기하는 장면을 상상했다.

"주님의 부활을 축하합니다!"

그리고 화답할 것이다.

"진심으로 축하합니다!"

그에게도 찾아와 입을 맞출 것이다. 그러면서도 그들은 생각할 것이다.

'형제님, 어떤가? 신이 당신에게 가혹한 벌을 내렸지? 가장 성스런 새벽예배 시간에 맞춰 당신에게 일격을 가했지……. 당신 너무 거만했어! 이제는 추락했으니 혼자 기뻐하시오!'

어쩌면 다른 이들은 가식적으로 그를 위로할지도 모른다……. 어쨌든 모든 입맞춤은 거짓일 것이다…….

'공장에서 그 저주스러운 놈에게 더 두껍게 주조하라고 말했는데. '제대로 된 소리가 나지 않아요, 안 됩니다!' 그러더니, 소리가 잘도 나는군!' 가슴을 쓸면서 안티프 니키티치는 슬픔에 잠겨 생각했다……

"오, 주여, 주여!" 탄식하며 그는 눈을 감았다. 사실 그는 의기소침한 것이 아니었다. 종이 깨져 자존심이 상처받고, 이로 인해 고통스럽고 힘든 것이었다. 그는 날이 밝지 않기를 바랐다.

그러나 둥그런 불꽃 같은 태양은 이미 높이 솟아올라 푸른 하늘에 밝은 빛을 흩뿌리고 있었다. 목초지의 녹음과 웅덩이에 태양빛이 반사되었다. 노란 먼지가 녹음 위에 내려앉은 듯했고, 웅덩이에는 무지개가 떠올랐다. 태양의 가장자리가 구름 속에서 얼굴을 내밀었고, 연기처럼 부드러운 구름은 선홍빛과 황금빛으로 다채롭게 물들었다. 강물에도 드넓은 하늘이 한가득 반사되었다. 이제 저 멀리 지평선까지, 목초지마다 은빛 점들이 흩뿌려졌다. 마치 목초지의 녹음을 따라 다양한 형태의 거울이 뿌려져 푸른 하늘을 반사하는 듯했다.

도시 교회에서 종을 쳤다. 루카 노인도 역시 종을 쳤다. 온통 밝은 빛으로 가득한 도시는 가슴이 설레는 듯했다. 도시를 감싸고 있는 녹음은 아침 바람을 맞으며 잔잔히 흔들리고 있었다. 도시는 마치 태양빛, 푸른 녹음, 진주처럼 반짝이는 물로 넘쳐나는 넓고 광활한 강 저편으로 가고 싶어 애태우는 것 같았다.

……사람들이 교회 건물에서 나왔고 어렴풋한 말소리가 들렸다. 인사하는 소리도 들렸다.

"주님의 부활을 축하합니다!"

이를 악물고 안티프 니키티치는 도시를 내려다봤다. 교회로부터 한 떼의 사람들이 몰려나와 뿔뿔이 흩어지며 산 아래로 내려갔다. 루카 노인의 능숙한 손에서 울리는 종처럼 아이들의 낭랑한 목소리가 명랑하게 울려 퍼졌다. 루카 노인이 종을 쳤다…….

안티프 니키티치는 슬픔에 잠긴 채 명랑하게 떠드는 소리를 들으며 밝게 빛나는 태양을 주시했다. 계단을 따라 밑으로 내려오면서 그는 자신처럼 비참한 사람을 만나거나 누구든 비참하게 만들고 싶다는 간절한 소망을 품었다……. 고통스럽도록 비참해지면 그도 역시 축일을 축하하지 못할 것이다.

안티프 니키티치의 얼굴은 굳어 있었다. 눈썹은 찌푸리고 입술은 굳게 다물고 코는 콧수염이 있는 데까지 축 늘어뜨렸다. 그는 한꺼번에 두 계단씩 내려오며 전투하러 가는 양 짙은 눈썹 밑의 탐욕스런 눈길로 전방을 주시했다.

"주님의 부활을 축하합니다!" 그를 맞이하듯 축하 인사가 더 낭랑하게 울려 퍼졌다…….

"주여! 가혹하십니다!" 탄식하듯 안티프 니키티치가 말했다. 잠시 멈춰 선 그는 고개를 흔들었다…….

그런 뒤 예전처럼 전투하는 자세를 갖추고 단호하고 확신에 찬 발걸음을 옮겼다.

로맨스.

1

　이 로맨스의 주인공 야쉬카가 작은 가슴에 달콤한 첫사랑의 감
정을 느낀 때는 열한 살이었다. 그는 인쇄소에서 일하는 소년으로
아주 지저분했고, 언제나 잉크나 테레빈유나 또 다른 냄새를 풀풀
풍겼다. 다른 인쇄소 직공 소년들처럼 검은 기름때가 묻은 지저분
하고 지친 얼굴이었지만, 커다란 밝은 눈, 비교적 조심스런 행동
과 청결하려는 노력 때문에 다른 소년들과는 달라 보였다. 점심시
간에 그는 언제나 얼굴을 매만졌다. 군데군데 묻은 종이먼지와 기
계 때를 얼굴 전체에 고르게 펴 바르는 것이었다. 그렇게 외모에
신경을 썼기 때문에 그는 지저분한 게 아니라 마치 태어날 때부터
검은 피부인 것 같았다. 동년배들은 그에게 결벽증 환자라는 별명

을 붙여줬다.

들창코, 두툼한 입술, 커다란 눈, 매끈하게 이발한 둥근 두상, 얼굴 옆으로 툭 튀어나온 커다란 귀를 갖고 있는 야쉬카는 식자공들 사이에서 세면대라는 별명으로 더 유명했다. 인쇄소에서 그의 위치는 다른 동년배들과 별반 다르지 않았다. 작업에서 제외되거나 머리를 쥐어박혀도 불평할 수 없었지만 그는 이런 삶에 만족하고 있었다. 매질을 당한 후에는 보통 울면서 때린 사람에게 지독한 욕설을 퍼부었으나, 그것도 아무도 듣지 못하게 몰래 속으로 삭힐 뿐이었다. 그의 동년배들도 비슷한 일을 당하면 똑같이 행동했다. 결벽증 환자, 세면대라는 별명의 야쉬카 역시 그들과 별반 다를 것이 없었던 것이다.

야쉬카는 월급 이 루블을 받으면 숙모에게 고스란히 갖다줬다. 뚱뚱하고 언제나 술에 절어 있는 그녀는 고물 시장에서 고물을 팔았다. 부모가 없는 야쉬카는 숙모와 함께 창문이 하나 밖에 없는 컴컴한 사각 굴속에 살고 있었다. 이 굴속은 커다란 삼 층 건물의 지하실 한 귀퉁이에 있는 아주 답답한 곳이었다. 공기가 거의 통하지 않아 겨울에는 숨이 턱턱 막힐 정도로 더웠고, 여름에는 굴속을 가득 메운 축축함 때문에 무덤 속에 있는 듯이 서늘했다. 숙모는 야쉬카를 특별히 귀여워하지도 않았고, 죽으면서 친척을 후견인으로 정하는 사람들에 대해 자주 불평을 늘어놓곤 했다. 그

친척들이 무슨 죄가 있어 남은 아이들을 맡아야 하는가. 사람들은 그저 출산이라는 멍청한 습관에 빠져 아이들의 독립을 보장하지도 못한 채 죽으면서 아무 상관도 없는 제삼자에게 아이들을 맡기려 한다는 것이었다. 이를 증명이나 하듯 숙모는 종종 조카의 뒤통수를 치거나 술 취한 상태에서 그를 때리곤 했다. 술이 깨어 정신을 차렸을 때도 조카에 대한 생각은 전혀 하지 않았다. 그보다는 가능한 빨리 해장술을 한잔해야겠다는 생각에 가득 차 술을 찾을 뿐이었다.

이런 사정으로 야쉬카는 집보다 길거리에 있을 때 마음이 더 편했다. 열한 살이면 이미 도시와 도시생활을 잘 아는 나이였다. 길거리 생활은 집보다 더 편안했고 평등했다. 길에서 누군가가 놀리면 멋지게 돌을 던지거나 욕설을 하거나 힘이 비등할 때는 싸움으로 맞설 수 있었다. 하지만 집에서는 그럴 수가 없었다. 숙모에게 맞설 수 없다고 생각했기 때문에 야쉬카는 한 번도 숙모에게 대놓고 대들려고 하지 않았다. 가끔 작은 복수의 방법을 쓰기는 했다. 예를 들어, 숙모가 술에 취해 골아떨어졌을 때 찬물을 붓거나, 담뱃갑에 후추를 뿌리거나, 신발에 겨자를 넣거나 했다. 마지막 방법은 아주 특이했는데 야쉬카 자신이 실제로 어떤 효력이 있는지 당해본 터였다. 친구들은 가끔 그의 신발에 겨자를 뿌렸는데 땀과 뒤섞여 범벅이 되면 난리도 아니었다. 오랫동안 깡충깡충 뛴 후에야 야쉬카는 신발을 벗을 생각을 했다. 결국에는 바닥에 넘어져 발을 위로 올리고 흔들면서 고통스럽게 울부짖어야 했다. 마치 가스렌즈 위에서 굽히는 듯이 발바닥이 아팠다. 발가락 사이에는 물집이 생겼고 나중에는 터져서 상처가 되었다. 야쉬카는 한참 동안 맨발에 뒤꿈치로만 걸어 다녀야 했다. 숙모는 두 번 정도 야쉬카의 인쇄소에서 널리 퍼진 이 장난을 당했다. 한 번은 겨자가 그리 강하지 않아서 가벼운 걱정으로 끝나고 말았다. 대신 두 번째 시도에서는 아주 만족스러운 결과를 낳았다. 싸움질 후의 야쉬카보다 더 심하게 숙모는 끙끙거리며 신음 소리를 냈다. 숙모는 무슨 일인지 눈치채지 못했다. 야쉬카는 다음번에는 물에 갠 겨자로 숙모를 약 올리겠다고 마음먹었다. 그의 희망이 실현됐는지는 모르겠다.

2

어느 날 야쉬카는 인쇄기를 청소하면서 장난삼아 동료와 서로 욕설을 퍼붓고 있었다. 모든 것이 순조로웠는데, 갑자기 인쇄기 바퀴가 움직이기 시작했다……

"쳇, 빌어먹을 기계 같으니." 경멸하듯 야쉬카가 투덜거렸다.

그런데 이때 무언가가 그의 발을 잡아당기더니 아래로 부드럽게 끌어당겼다. 그는 뒤로 푹 넘어졌다. 그는 커다란 눈을 몇 번 떴다 감았는데 그 눈 속에는 커다란 고통과 놀라움이 담겨 있었다. 결국 그는 의식을 잃었다.

노란색 벽으로 둘러싸인 정사각형의 방에서 그는 정신을 차렸다. 저녁 시간이어서 램프가 켜져 있었고 창문에는 짙은 색 커튼이 처져 있었다. 방에는 램프가 세 개, 침대가 여섯 개 놓여 있었다. 침대는 세 개씩 마주 놓여 있었고 노란 것으로 덮여 있었다. 야쉬카가 누워 있는 자리 맞은편 침대 세 개에는 사람들이 자고 있었다. 그의 옆 침대에는 검은 콧수염과 아주 큰 눈을 한 키다리가 누워서 야쉬카의 얼굴을 똑바로 쳐다보고 있었다…….

야쉬카의 또 다른 옆 침대는 비어 있었다. 야쉬카는 옆 침대의 검은 콧수염 남자가 무서웠다. 빈 침대를 바라보며 그는 도대체 자신이 어디에 있는 건지 생각했다. 노란색은 건물 외부가 노란 염료로 칠해진 감옥과 학교를 상기시켰다. 야쉬카는 어디서 수갑 소리가 덜거덕거리지 않나 귀를 기울였다. 그러나 조용했다. 멀리서 신음 소리만 들려왔다……. 그리고 지독한 냄새가 났다……. 여긴 병원이었다. 감옥이나 학교가 아니었다……. 야쉬카는 기분이 나빠져서 울고 싶었지만 꾹 참았다. 옆 침대의 키다리가 구타할지도 몰랐다. 그래서 눈을 감고 귀를 곤두세웠다……. 가장 먼저 그는 자기 배에서 꼬르륵거리는 소리를 들었다. 배가 고팠다……. 동시에 그는 이곳에서 정신을 차리기 전에 자신에게 어떤 일이 일어났는지 기억해냈다. 그러곤 머리와 등이 아프고 다리 한쪽이 없는 듯이 아프다는 사실을 깨닫고는 깜짝 놀랐다……. 그러나 쓸데없는 걱정이었다. 다리를 움직이려고 하자 심한 통증이 온 것으로 보아 다리는 제자리에 있었다.

야쉬카는 눈을 꼭 감고 있는 힘껏 소리치기 시작했다. 그 후 눈을 뜨지 않은 채 어떤 소리가 들리나 귀를 기울였다……. 어디선가 부드러우면서 서두르는 발소리가 들리더니 머리 위에서 여자의 목소리가 들렸다……. 아주 다정하지는 않았다.

"자, 왜 소리치니? 어? 애야! 너 졸도한 거니?" 보건대, 이 병원에서 졸도한 사람들은 의식이 없는 상태에서도 말을 할 줄 알아서 간병인은 그들과 대화를 나누는 데 익숙한 것 같았다. 그들처럼 야쉬카도 무슨 이야기를 할까 생각하며 눈을 뜨고는 힘없는 소리지만 확신 있게 말했다.

"배가 고파요!"

"그런데 왜 그렇게 소리를 지르니? 이런 망나니 같으니!"

그녀는 슬리퍼 소리를 내며 사라졌다. 그녀가 다시 나타났을 때 야쉬카가 물었다.

"아줌마, 여기가 병원인가요?"

그녀는 훈계하듯 대답했다.

"그럼 여인숙인 줄 아니?"

그 뒤 야쉬카는 식사를 하고 잠들었다. 한밤중에 잠이 깬 그는 눈을 뜨고 주위를 둘러봤다. 주위는 온통 정적과 약 냄새로 가득 차 있었다. 누군가가 조용히 신음 소리를 냈다. 그 소리는 아주 이상했다. 노란 방 안에 거침없이 울려 퍼지는 그 소리는 약내 냄새 나는 정적과 야쉬카에게는 낯선 지나친 청결함 사이에서 유일하게 살아 있는 것 같았다. 노란 벽들이 숨 쉬고 있는 것 같았다……. 야쉬카의 옆 침대 환자는 두 손을 가슴 위에 놓고 다리를 쭉 펴고 누워 있었다. 불빛이 그의 얼굴을 비췄고 반쯤 열린 입을 통해 하얗고 창백한 이가 보였다. 그 모습은 무서웠다. 야쉬카의 심장이 철렁했다. 그는 머리 위까지 담요를 뒤집어썼다. 자신이 외톨이고 버림받았고 죽어가고 있다고 느꼈다. 그래서 그는 숨죽이며 흐느꼈다.

그렇게 하루하루가 지나갔다. 야쉬카는 쉽게 건강이 회복되지 않았고 많이 여위었다. 홀쭉한 얼굴 때문에 야쉬카의 눈은 더 크게 보였다. 그 때문에 애수에 차서 뭔가 기다리는 듯한 눈빛은 사라졌다. 간병인이 매일 그의 얼굴을 닦아주자 이제는 생각이 많은 어린아이의 하얀 사랑스런 얼굴이 드러났다. 그는 병원에서 심심하고 불쾌하고 외로웠다.

어느 날 낮잠에서 깨어난 야쉬카는 눈을 뜨고는 몸을 부르르 떨었다. 누군가 그를 바라보며 미소를 짓고 있었다. 그 미소 때문에 야쉬카는 자신이 완전히 회복되었다고 느껴서 침대에 일어나 앉으려고 할 정도였다. 그러나 다리의 통증 때문에 얼굴을 찌푸리고 신음 소리를 내면서 다시 눈을 감았다.

"얘야, 어디가 아프니?" 아무도 그렇게 다정하게 그의 상태를 물어본 적이 없었다.

야쉬카는 눈을 떴다. 희고 부드러운 투명한 얼굴의 아가씨가 몸을 숙이고 부드러운 검은 눈을 실눈으로 뜬 채 그를 쳐다보고 있었다. 마치 무언가 보드랍고 따듯한 것이 야쉬카의 작은 몸 전체를 쓰다듬는 것 같았다. 야쉬카는 오래전부터 이것을 기다려 왔고 언젠가 누군가가 그렇게 그를 바라본 적이 있었던 것 같았다……. 그러나 언제인지는 모르겠다. 야쉬카는 미소를 지었다…….

"너 왜 말도 안 하니?"

야쉬카는 다시 미소를 지었다. 그러곤 실눈을 뜨고 능청스럽게 고개를 끄덕였다.

"귀여워라!"

야쉬카는 울고 싶었다. 깨끗한 가느다란 목을 껴안고 오랫동안 펑펑 울고 싶었다.

"자, 대답해봐! 오래전부터 여기 있었니? 어디가 아픈데? 넌 누구야?"

야쉬카의 목이 간질간질했다. 그는 토막토막 끊어지는 목소리로 물었다.

"안 갈 거죠…… 내가 당신과 이야기를 하면 안 갈 거죠?"

"저런! 왜 그런 생각을 하니?"

"내가 말을 하면……. 더 이상 물어볼 게 없으면 당신은 가겠지요……. 그러면 난 다시 혼자 남아요." 이 순간 야쉬카는 창피함과 기쁨의 눈물을 흘렸다.

"가엾어라……. 금방 가지는 않을 거야……. 아직 그가 자고 있거든……."

"누구요?" 눈물을 머금은 눈으로 야쉬카가 재빨리 물었다.

"오빠." 그녀는 야쉬카의 옆 침상으로 머리를 끄덕였다…….

"그럼 당신은 저한테 면회 온 게 아니네요?" 실망해서 야쉬카가 물었다.

"난 너를 몰랐잖니……. 이제는 아니까 너한테도 올게……."

"저 키다리가 오빠예요? 그는 왜 누워 있어요? 기계가 그를 덮쳤나요?" 반신반의하면서도 호기심에 차서 야쉬카가 물었다.

"그는…… 아파. 아주 많이……. 기계가 아니라, 그냥……. 그는…… 건강이 안 좋아……."

"당신은 누구예요? 자주 면회 오시나요? 매일이요? 어디서 일하세요? 교정원인가요? 아니면 재봉사? 아니면 그냥 아가씨인가요? 당신의 눈은 아주 멋지고…… 정말 크네요! 오빠가 여기 있는 동안 계속 오실 건가요? 그럼…… 그가 좀 더 오래 아팠으면 좋겠어요!"

"가여워라!"

그는 다시 울음을 터트렸다. 그게 바로 야쉬카 결벽증 환자였다. 그녀의 말솜씨는 얼마나 멋진가! 그는 울면서 손으로 코를 훔쳤다. 그러자 그녀는 꽃 냄새와 봄 냄새가 나는 손수건으로 그의 코를 닦아줬다. 야쉬카는 눈물과 함께 다리의 아픔이 사라지는 걸 느꼈다. 손수건의 향기를 맡자 원기와 힘을 들이마시는 것 같았다……. 그 뒤 그녀는 그의 눈, 입술, 양볼, 이마에 입을 맞췄다. 그것은 야쉬카가 전혀 모르던 낯선 세상이었다. 그의 앞에 새로운 감정의 세계가 펼쳐졌다.

그녀는 돌아갔다. 그는 꿈꾸는 듯 행복했다. 그렇게 아흐레 동안을 꿈처럼 보냈다. 그녀는 아홉 번 면회를 왔다. 그때마다 야쉬카는 무궁무진한 미지의 세계, 영혼을 흥분시키는 달콤한 느낌을 경험했다. 보통 그녀는 면회를 오면 그의 침대로 다가와 그에게 입 맞추며 인사를 했다. 그 후 오빠에게 다가가 그의 침대 발치에 앉아서 야쉬카를 바라봤다. 야쉬카는 인상을 쓴 채 그녀를 주시했고 그녀와 오빠의 대화를 들었다. 그녀가 쳐다보면 야쉬카는 눈짓으로 그녀를 불렀다. 야쉬카는 이 음침한 키다리에 대해 생각이 미칠 때마다 매번 강렬한 질투심을 느꼈다. 야쉬카는 그가 빨리 죽었으면 싶었다. 그러면 그녀는 야쉬카에게만 면회를 올 것이다. 그래서 그녀의 오빠가 신음하면서 가슴을 움켜쥘 때마다 야쉬카는 몸을 떨면서도 혹시 그가 죽는 건가 하고 기대했다. 그러나 그는 그렇게 쉽게 죽지 않았고 야쉬카는 그 사실이 너무 고통스러웠다. 그의 인생에 있어 처음으로 멋진 일이 생겼는데 이것을 병약한 키다리와 나눠 가져야 했다. 병약한 키다리는 그가 옆 환자에게 붙여준 별명이었다. 그녀는 거의 그의 침대 옆에 앉아 있었고 가끔 잠깐 동안만 야쉬카에게 다가왔다. 그는 그녀의 손을 잡고 간청하는 눈빛으로 그녀를 바라보며 말없이 강하게 그녀를 끌어당겼다……. 그녀는 가만히 그의 손에서 벗어나며 다시 오빠에게 갔다. 그는 야쉬카와 단 한마디도 나누지 않았고, 그녀와도 겨우 조금 대화할 뿐이었다. 그녀가 멀어질 때마다 야쉬카는 그녀의 오빠에게 욕설을 퍼붓고 싶었다. 무언가 그의 심장을 콕콕 찌르는 것 같았고, 눈가에는 적의에 찬 눈물이 맴돌았다. 이 아흐레 동안 그는 많은 고통과 행복을 맛보았다.

어느 날 아침, 잠이 깬 야쉬카는 병약한 키다리를 침상에서 들 것으로 옮기는 것을 보았다…….

"그를 어디로 데려가나요?" 야쉬카가 간병인에게 재빨리 물었다.

"너하고 무슨 상관인데? 넌 아직 거기는 안 갈 거다……. 널 곧 집으로 쫓아버릴 거야……. 여기서 너무 버르장머리가 없어졌어."

"죽었나요?" 눈에 간절함을 담고 야쉬카가 다시 물었다.

"그래……. 산 사람을 데려가지는 않지."

'죽었어!' 뭔가가 망가진 듯 움직임 없이 축 늘어진 하얀 고깃덩어리를 봤을 때 야쉬카는 좀 놀랐다. 어젯밤에도 그의 신음 소리, 기침 소리, 움직이는 소리를 들었는데……. 그러나 놀람은 곧 조용한 기쁨으로 바뀌었다. 이제 '그녀'도 야쉬카에게만 면회를 올 것이다. 눈을 감은 채 그는 그녀를 기다리기 시작했다. 침상에서 일어나 지팡이를 짚고 걸어 다닐 수 있었으나 누워 있었다……. 언제나처럼 그녀가 오면 야쉬카에게 입을 맞추고 이제는 저기 오빠 침상에 앉아 있지 않을 것이다. 그가, 오빠가 없다! 이 생각을 하자 강렬한 기쁨이 야쉬카를 휘감았다. 잠시 뒤 기쁨은 잔잔하면서 달콤한 편안함으로 바뀌었다. 이제 그녀는 항상 그의 옆에 앉아 있을 것이다. 그녀 옆에는 야쉬카 외에는 아무도 없을 것이다……. 그러나 그녀는 오지 않았다…….

"장례를 치르고 있을 거야……." 야쉬카는 스스로에게 이 슬픈 사실을 해명했다. "장례를 마치면 올 거야……. 오렌지랑, 책을 가져올 거야……. 그리고 오랫동안 이야기를 나눌 거야!"

다음 날에도, 그다음 날에도 그녀는 오지 않았다. 그녀의 오빠가 죽은 뒤 이주 일이나 더 병원에 있었으나 야쉬카는 더 이상 그녀를 볼 수 없었다.

3

병원에서 퇴원한 이후 온 도시를 헤매며 그는 오랫동안 집요하게 그녀를 찾았다. 그 때문에 그는 사람을 피하게 되었고 그녀를 찾아야 한다는 생각에만 빠져 있었다. 일요일마다, 그리고 일하지 않는 휴일에도 그는 도시를, 정직한 군중들이 모이는 장소를 샅샅이 뒤지며 다녔지만 그녀를 찾을 수 없었다. 비슷한 사람은 많았다. 그들은 모두 그녀를 회상시키며 그의 가슴을 아프게 했다. 그녀의 착하고 멋진 모습, 부드러운 눈, 뜨겁고 부드러운 입술, 하늘거리는 검은 원피스를 입은 호리호리한 몸매, 하얀 깃털이 달린 검은 모자를 쓴 작은 머리를 그의 작은 가슴에 더 깊이 각인시킬 뿐이었다. 그의 마음속 외에는 어느 곳에도 그녀는 없었다. 커다란 슬픈 눈을 한 골똘하고 음침한 그는 다시 예전처럼 지저분해지고 인쇄소 잉크 냄새를 풍기게 됐다. 하지만 인쇄소 직공치고는 좀 이상했다. 그에게서 아이의 발랄함, 천진난만함, 즐거운 마음은 찾아볼 수 없었다. 아흐레 동안의 꿈같은 환상이 야쉬카의 내면에 있던 아이다운 특성을 전부 다 말살시키고 불태워버렸다.

그러나 사람들에 대한 가혹한 장난을 즐기는 운명은 그에게 그녀를 다시 볼 수 있는 기회를 주었다. 어느 날 친구들과 숲 속 산책을 마치고 우편 마찻길을 따라 돌아오는 길에 그는 그녀를 봤다. 이 년이라는 시간이 흘렀으나 그녀는 병원에서 보았던 모습 그대로였다. 말 세 마리가 내뿜는 먼지를 뒤집어쓴 채 그녀는 우편 마차에 앉아 있었다. 그녀 옆에는 누군가…… 군인이 앉아 있었다. 순간 야쉬카의 눈에는 불꽃이 번득였다. 그녀였다. 그녀. 그가 잘못 본 게 아니었다. 마치 순간 땅에서 솟아난 것처럼 그는 갑자기 기쁨의 환성을 지르면서 우편 마차 뒤를 쫓아갔다.

팔꿈치를 옆구리에 붙이고 열심히 뛰면서 그는 소리쳤다. 입안에 먼지가 가득 찼다. 움푹 팬 마찻길을 따라 마차 바퀴가 굴러갔다. 야쉬카의 머릿속은 윙윙거렸고 심장은 미친 듯이 쿵쾅거렸다. 그는 소리치고 또 소리쳤다……. 그러나 마차는 그의 외침을 집어삼키면서 먼지 속으로 사라졌다……. 나무들이 야쉬카 옆을 지나 어딘가로 미친 듯이 질주했다…….

추격에 지친 그는 길가 먼지 구덩이에 넘어져 구슬프게 울기 시작했다. 쓰디쓴 치욕과 절망의 눈물이었다.

그 뒤 그는 다시 그녀를 찾아다녔다. 사흘쯤 지나 그는 우편 마차길을 따라 먼 길을 걸어가면서 매 정거장마다 물어봤다.

"그저께 장교와 한 아가씨가 어디로 갔는지 아십니까?"

사람들은 그를 비웃었다. 마침내 걸어서 도착한 군청 소재지에서 그는 신분증이 없어 체포되었고 다시 현으로 보내졌다. 그는 다시 인쇄소에 취직했다. 마치 무언가를 잃어버린 듯 언제나 음침하고 말이 없고 적의에 찬 그는 동료들과 별반 다를 게 없는 생활에 빠져들었다. 그들처럼 보드카를 마시고, 그들과 함께 색싯집을 찾고, 동전 놀이와 카드를 했다. 그리고 이것을 위해서 일하고 일했다…….

이제 야쉬카는 활자판보다 술집에서 훨씬 더 많은 시간을 보낸 서른 살의 음울한 술꾼이 되었다. 술집 주인들과 노동자들 사이에서 그는 술꾼, 도둑놈, 반쯤 정신 나간 놈이라는 좋지 않은 평판을 얻고 있다……. 얼핏 보면 그는 쉰 살쯤 되어 보인다. 해진 옷을 입고 지저분한 그는 언제나 두들겨 맞고 술에 취해 있었다……. 커다란 그의 눈은 특색이 없고 부어 있었다…….

그러나 어느 날 술집에서 내게 이 이야기를 들려줄 때 난 그의 눈이 얼마나 멋지게 반짝거리는지를 알게 됐다. 이야기를 마친 그는 침묵을 지키다가 덧붙여 말했다.

"내 인생에 있어서 유일하게 좋은 거였네……. 얼마 안 되지. 그래…… 이렇게 술로 세월을 보낸다네. 그런데 그녀에 대해 회상하면…… 기분이 좋아져. 난 이렇게 회상하는 걸 좋아한다네. 그녀가 없었더라도…… 살았겠지만……. 이야기할 거리도 없었겠지! 빌어먹을……. 어떻게든 살다 죽었겠지. 어찌 되건 상관없어. 그런데 그녀가 있어서 회상할 거리가 있다네……."

아름다움 .

……어느 날 마흔 살 먹은 우크라이나 출신의 지인이 나를 방문했다. 그는 평생 동안 다양한 극적인 사건의 주인공이었고, 심리적으로는 모든 것을 삐딱하게 바라보는 회의주의자였다. 철도청에서 하루에 거의 이십 시간씩 일하고 육십 루블의 월급을 받으며, 머리에 신경병을 앓고 있는 아내와 다섯 명의 가족을 부양하고 있었다. 보다시피 그의 삶은 힘겨웠다. 그러던 어느 날 그가 가무잡잡한 생기 있는 얼굴에 전에는 한 번도 보지 못했던 미소를 머금고 나를 방문한 것이었다.

그는 늘 신경이 날카로웠다. 삶과 사람들에 대해 모욕적으로 비아냥거릴 준비가 되어 있는 절망의 시인이었고, 스스로 '애송이 감상들'이라고 부르는 모든 꿈과 환상의 열렬한 추종자였다. 그러던 그가 평화롭고도 기쁜, 생각에 빠진 듯하다가도 행복해 보이는 짓고 있었다. 난 그의 인생에 어떤 변화가 일어났다고 생각했다. 그를 짓누르고 힘겹게 하는 삶을 완화시키는 뭔가 획기적인 변화가 일어난 게 틀림없다.

"뭔 일이 있었나요?" 강한 호기심을 가진 채 내가 물었다.

그는 내 얼굴을 훑어보더니 말없이 내 손을 꽉 잡았다. 소파 쪽으로 다가가 그 위에 눕더니 팔베개를 하고 깊은 한숨을 내쉬었다. 그의 행동은 이상했고 그와는 전혀 어울리지 않았다. 흥분한 상태도 아니었다. 해탈이라도 한 듯 감정이 부재한 상태와 비슷했다. 보통 그는 차갑고 불신에 찬 실눈을 뜨곤 했다. 이제 그의 검은 눈은 부드럽고 온순했다. 마치 무언가를 회상하고 있는 듯 그는 눈을 반쯤 감은 채 소파에 누워 있었다.

그의 행동은 내 호기심을 더욱더 자극했다.

"어디서 오는 거죠?"

"산책했네……." 그가 단조롭게 대답했다.

"누구랑요?"

"혼자……."

"산에요?"

"시내를……."

이 대화는 내게 아무것도 설명해주지 못했다.

"그런데 당신 왜 그렇게…… 부드러워졌죠?"

그는 엄격하고 진지하게 나를 쳐다봤다. 나의 조롱 섞인 어조에 발끈해서 나를 쳐다보더니 벽 쪽으로 돌아누워서는 부탁하듯이 말했다.

"날 좀 내버려둬…….."

나는 이제 그에게 어떤 이야기도 들을 수 없다는 걸 깨닫고는 더 이상 물어보지 않았다. 삼십 분 정도 누워 있던 그가 자리에서 일어났다. 여전히 기쁨에 차서 조용히 생각에 빠져 있는 그는 내게 다가와 물었다.

"자네 내일 저녁에 집에 있나?"

"네."

"나랑 같이 산책하러 가겠나?"

이제 그가 자신의 기분이 남다른 이유를 설명할 것이라 기대하며 나는 동의의 표시로 머리를 끄덕였다. 그러나 그는 모자를 집어 들더니 이미 흰머리가 많이 나 있는 검은 머리 위에 대충 쓰고는 나타났을 때 그랬던 것같이 수수께끼처럼 사라졌다. 그의 이상한 행동에 약간 화가 나고 좌초지종을 몰라 황당해하는 나를 그대로 남겨둔 채 말이다. 혼자 남은 나는 오랫동안 이런저런 추측을 해봤다. 승진했거나 유산을 받았나? 아니면 그가 마침내 자신의 책 『인간의 지성에 대한 환경과 여건의 영향에 대해서』를 발행해 줄 사람을 찾았나? 그 책은 오 년간의 역작이었다. 삶에 패배했다고 느끼면서 삶의 가혹한 법칙에 무조건적인 복종을 설파했던 한 인간의 격렬한 외침이었다.

마지막 추측이 맞을 것이라고 생각하자 마음이 편해졌다. 그래서 다음 날 그가 왔을 때 나는 확신에 차서 물었다.

"마침내 당신 책을 출판하나봐요?"

"책? 인류의 이익을 위해 그 책을 불태워버리려고 하는데. 자네 왜 그 책에 대해 이야기하는 건가?"

"당신 기분이 왜 그럴까 열쇠를 찾다보니……."

"아하! 자네 호기심은 못 당하겠군. 내가 자네 호기심을 잘 부추겼나, 어? 자, 산책하러 가세……."

나는 그와 함께 이 모든 일이 일어난 반쯤 아시아적인 도시의 거리로 나섰다. 조용히 인도를 따라 교외 아블라바르 쪽으로 움직였다. 날씨는 무더웠다. 태양에 달궈진 다리의 돌들과 건물 벽들은 폭염에 헐떡였다. 많은 사람이 군집해 있으면 자연스레 풍기는 냄새들은 공기 중에 움직이지 않고 떠 있었다. 도로 옆의 운하를 따라 흐르는 물도, 거리 양옆에서 자라는 세모꼴의 백양목 그늘도 공기를 정화시키지 못했다. 뾰족한 백양목들은 건물 지붕보다 더 높이 뻗어 있었다. 지고 있는 태양빛을 받아 황금으로 도금한 듯한 나무들은 두 줄로 정렬한 거대한 횃불처럼 서 있었다. 꾸라 강가 도시 정원으로 가는 사람들이 거리를 지나갔다. 도시에서 시원한 공간은 이곳뿐이었다. 또한 자극적인 석회 가루가 눈을 손상시키지 않고 폐에 쌓이지 않는 유일한 장소였다. 사방에서 말소리가 들려왔다. 아르메니아인들은 삐걱거리는 소리를 내며 상점 문을 닫았다. 멀리에서 군행진곡이 울려 퍼졌다. 낡은 다리를 지나가는 짐마차들이 덜커덩거리는 소리를 냈다. 마음을 건드리는 목관악기의 아주 구슬픈 가락이 산 어딘가에서 계속해서 흘러나왔다.

도시는 높다란 두 개의 산 사이 좁은 계곡에 위치하고 있었다. 꾸라 강가 쪽으로 나 있는 산이 계곡을 가로지르고 있었다. 강과 두 산 사이에 밀집되어 있는 건물들은 폭염과 먼지투성이 구덩이에서 벗어나기 위해 서로 기어오르고 있는 것처럼 보였다. 짓눌린 도시 위로 들려오는 소리들은 모두 하나의 고통스런 한숨 소리로 합쳐졌다. 땅에 달라붙은 어떤 거인이 땅에서 일어나려고 하지만 할 수 없어서 내쉬는 그런 소리 같았다. 좁은 인도를 따라 검은 무리가 되어 마주 오는 사람들 사이를 빠져나가면서, 우리는 먼지를 들이켜며 말없이 걸었다. 어두워졌다. 거리는 더 좁아졌고 더 후덥지근해졌다. 거의 모든 집에 나무 테라스가 있었다. 두 개나 있는 집도 있었다. 멀리서 보면 테라스는 벽 위에 조형된 무늬처럼 보였다. 테이블과 초를 옮기면서 번잡을 떠는 소란스런 사람들이 테라스로 나왔다.

이 모든 것 위, 저 높은 곳에 검푸른 하늘이 펼쳐져 있었다. 도시의 불빛들과 서로 눈짓하듯 벌써 별들이 빛나고 있었다.

우리는 좁고 지저분한 미로 같은 골목길로 들어섰다. 철망이 쳐진 작은 창문이 드문드문 있는 높은 회색빛 돌벽들은 엄숙하게 우리를 쳐다봤다. 이 벽들 사이의 공간은 벽 위를 흐르는 지저분한 냄새와 축축하고 후덥지근한 공기가 유입되는 통로 같았다. 가끔 우리는 꽉 닫힌 육중한 문을 지나쳤다. 문 뒤에 있는 개들이 우리 발소리 때문에 으르렁거리면서 짖어댔다. 어딘가 가까운 곳에서 회교도의 기도 시간을 알리는 사이렌이 울렸다. 우리 머리 위로 생각에 잠긴 듯 기도를 낭송하는 애달픈 테너의 목소리가 울려 퍼졌다.

나의 지인은 흥분한 듯 발걸음을 재촉하며 내 손을 잡았다. 그를 들뜨게 하는 것이 가까워졌다고 느끼면서도 나는 아무것도 묻지 않았다. 거리 뒤쪽에 세워진 높은 건물 벽들, 뜰 안으로 나 있는 창문들, 황량한 골목길, 애달픈 기도 소리, 돌들조차 숙명적으로 숨 쉬고 있는 듯한 동방의 운명론은 나를 우울한 감정에 휩싸이게 했다. 나는 묵묵히 그의 뒤를 따라 지저분한 골목길을 걸어 갔다.

"서!" 나의 지인이 속삭이듯 말했다.

우리는 벽에 파인 움푹한 작은 공간 앞에 멈춰 섰다. 한때는 뜰 안으로 들어가는 문이 있었으나 이제는 문의 절반이 벽돌로 막혀 있었다. 우리 반대편에는 지상에서 육 미터 정도 되는 높이에 발코니가 있는 건물이 높이 솟아 있었다. 측면에는 아무런 장식도 없고 위쪽에만 줄무늬 천으로 덮여 있는 작은 발코니 쪽으로 유리문이 나 있었다. 유리문 반대편 발코니 한구석에 등받이가 높은 부드러운 의자가 놓여 있었고 발코니 난간 위에는 양탄자가 아무렇게나 걸쳐 있었다.

이 광경을 본 나는 의문 가득한 얼굴로 지인을 바라봤다.

"기다리게." 벽에 파인 움푹한 공간으로 나를 밀치면서 그가 말했다.

우리는 겨우 그 공간에 들어섰다. 이런 돌 상자 곽 같은 데서 뭘 기대할 수 있을지 지레짐작하지 않은 채 나는 그냥 기다렸다. 주위는 조용했고 하늘은 푸르른 길처럼 저 멀리 어딘가로 뻗어 있었다.

발코니로 나 있는 문구멍을 통해 불빛이 새어나와 두 사람이 서 있는 위쪽 벽을 스치며 사라졌다. 지인은 팔꿈치로 내 옆구리를 쳤다.

"봐!"

양쪽 문이 활짝 열리더니 키가 크고 몸매가 좋은 여인이 나타났다. 그녀는 머리를 뒤로 젖히고 잠시 동안 하늘을 쳐다본 뒤 방을 향해 뭐라고 말했다. 그녀의 뒤편에서 빛이 흘러나왔다. 회색빛 벽을 배경으로 한 그 빛 속에서 어깨에서 다리까지 내려오는 넓은 주름이 잡힌 하얀 드레스를 입고 있는 그녀는 환상적이었다. 그녀의 둥근 얼굴은 우리에게는 하얀 점처럼 보였고 두 눈은 커다란 검은 점처럼 도드라져 보였다. 그것은 그녀를 더욱더 비현실적으로 만들었고, 환영이나 망령과 비슷한 느낌을 주었다. 마치 날기라도 하려는 듯 그녀는 머리 위로 두 팔을 들어 올렸다. 그녀의 왼쪽 어깨로 무성한 머리칼이 흘러내렸다……. 그녀 뒤편의 빛이 전율하더니 사라졌다. 이때 나는 이 여인인지 여인의 환영인지 무언가 어둠 속에 녹아버리듯 점점 작아지는 것을 느꼈다. 벽의 배경색이 그녀의 부드러운 윤곽을 삼켜버리자 그녀는 불과 일 분 전에 그 자리에서 내가 봤던 형상의 편린처럼 보였다. 그 뒤 다시 빛이 나타나자 그녀는 되살아났다. 그녀가 발코니 난간 쪽으로 움직이자 옷의 주름이 흔들리면서 마치 구름처럼 그녀를 호위했다. 이 순간 그녀는 내게 누군가의 그림을 상기시켰다. 여인의 형상을 한 달이 생각에 빠진 채 다정하게 미소 지으며 뭉게구름 사이에서 얼굴을 내미는 그림이었다. 그녀 옆에 검은 옷을 입은 여인이 나타나 그녀의 머리를 손으로 쓰다듬기 시작했다. 점점 더 많은 머리칼이 그녀의 어깨 위에 흩어졌다. 그녀는 발코니 아래쪽을 내려다보며 팔을 뒤로 뻗어 무언가 속삭이듯 말했다. 금관 악기 소리가 울려 퍼졌고 나는 몸을 떨었다. 내 주위의 모든 것 역시 전율하는 것 같았다.

여인은 의자에 앉았다. 불빛이 그녀의 옆모습을 비췄다. 나는 아주 묘한 분위기에 빠져 천사 같은 그녀의 옆모습을 바라봤다. 윤곽만 어둡게 보이는 인물이 아래로 내려왔고 난간 위에 걸쳐 있던 양탄자가 그녀의 모습을 가렸다. 불빛이 빛나는 사각형의 문과 어두운 의자 등받이에 고개를 약간 뒤로 젖히고 있는 여인의 머리가 뚜렷하게 구분되었다. 그녀의 옆얼굴은 얼굴에서 나오는 광채로 뒤덮여 있는 것 같았다. 그녀의 얼굴은 너무나 멋져 보였고 요정과 마법 이야기 속의 여주인공 같았다. 그녀는 열광적으로 사랑에 빠진 시인의 환상이 구현된 모습이었다. 주위의 모든 것을 소생시키고 고상하게 하기 위해 이 딱딱하고 몰골 사나운 돌덩어리 땅, 이 지저분한 땅에 나타난 천사였다.

나는 더 이상 질식할 듯한 썩은 쓰레기 냄새를 느끼지 못했다. 그 무게감과 밤에도 사라지지 않는 후덥지근한 냄새로 둘러싸여 상상력을 짓누르는 회색빛 돌벽들도 더 이상 보이지 않았다. 나는 좁고 후덥지근한 어두운 돌 상자 곽 안에 있다는 사실과, 기대고 있는 벽에서 튀어나온 날카로운 돌이 어깨를 찌르고 있다는 사실도 잊어버렸다. 나는 계속해서 이 경이로운 여인을 바라봤고 더 이상 아무것도 바라지 않았다. 가끔 그녀는 아래쪽으로 몸을 구부렸다. 나는 그녀가 더 이상 몸을 똑바로 하지 않아 그녀를 볼 수 없게 될까봐 두려웠다. 그러나 그녀는 다시 의자 등받이에 몸을 기댔고 나는 다시 침착하게 아무것도 바라지 않으면서 멋진 그녀의 옆모습을 바라볼 수 있었다. 발코니에서 그녀의 발밑에 앉아 있던 사람이 그녀에게 입을 맞췄다. 나는 탐욕스런 입맞춤 소리를 들었지만 그의 자리를 대신하고픈 생각은 추호도 없었다. 그녀에 대한 나의 감정처럼 그가 그녀를 대하지는 않으리라는 걸 나는 알고 있었다.

갑자기 허공에 악기 소리가 울려 퍼졌다. 나는 그녀가 악기를 연주하는 모습을 바라봤다. 연주하면서 그녀는 자신의 발치에 앉아 있는 이를 향해 노래하듯이 말을 건넸다. 악기 소리가 그녀의 목소리를 삼켜버렸지만, 그녀처럼 그 목소리도 매우 아름다웠다. 악기는 조용히 부드럽게 선율을 타다가 갑자기 커지고 대담해지기도 했다. 악기 소리가 공기를 더 맑고 신선하게 만드는 것 같았다. 마치 꿈처럼 아름다운 여인의 등장과 더불어 나타난 고귀한 아름다움의 흔적을 주위의 모든 것에 더 강렬하게 각인시키는 것 같았다. 모든 것이 꿈만 같았다. 영혼을 밝혀주는 꿈……. 여인의 얼굴에서 빛나는 광채는 사라지지 않았다. 흐릿하지만 아름다운 분홍빛을 배경으로 파란 하늘 밑에서 조용하고 심오한 가락이 울려 퍼졌다. 그 속에서 황홀한 여인은 매순간 더욱더 아름답고 환상적이 되었고, 지상과 지상의 느낌으로부터 점점 더 먼 곳으로 나를 데려갔다. 나는 이 황홀함을 즐기면서 조금도 움직이지 않았다. 나는 내 안으로 무언가 새로운 것이 들어왔음을 느꼈다. 삶과 나 자신에 대해 새롭게 이해한 것 같았다. 지금껏 내가 실컷 들이마셨고, 지금도 여전히 들이마시고 있는 운명의 술잔은 지상의 더러움을 조금도 갖고 있지 않고 아주 깨끗하다는 것을…….

그리고 갑자기 이 모든 것이 사라졌다. 불빛이 사라졌고 여인의 옆모습도 선명한 윤곽을 잃어버렸다. 온통 새하얀, 움직이면 녹아버릴 듯 투명한 그녀는 의자에서 일어나 여전히 분홍빛 불빛이 흘러나오는 어두운 사각형 안으로 사라졌다. 그 뒤 문짝의 경첩이 삐거덕거리는 소리, 유리가 덜커덩거리는 소리, 자물쇠가 잠기는 소리가 들려왔다.

"끝났군." 지인은 내 손을 잡고 움푹한 작은 공간에서 끌어내며 말했다.

우리는 한마디도 나누지 않고 집까지 걸어왔다. 헤어질 무렵에야 그가 입을 열었다.

"내일 다시……."

그건 말할 필요도 없었다.

다음 날 시간이 됐을 때 우리는 다시 그곳을 향했고 꿈속 같은 시간을 보냈다. 우리는 거의 한 달 동안 그곳을 방문하면서 열일곱 번이나 아름다운 여인을 볼 수 있었다.

그 기간 동안 우리는 아주 이상하게 살았다. 우리의 행복에 대해 아무에게도 말하지 않았다. 얼핏 보기에 우리는 남들이 일하고 대화하는 것처럼 그렇게 살았다. 그러나 우리는 밤이 오면 우리에게만 허용된 황홀한 아름다움을 볼 수 있다는 사실을 단 한순간도 잊지 않았다. 우리는 그녀에 대해 거의 이야기하지 않았다. 말로도 표현할 수 없고, 이성으로도 이해할 수 없고, 단지 자신을 휘어잡은 감정으로만 이해할 수 있는데 어떻게 말을 하겠는가. 마치 검은 광석을 정련하여 순은을 정제해내는 불처럼 그 감정은 스스로를 고상하게 만드는 것이었다……. 그 기간 동안 우리는 행복했고 높은 하늘에 둥둥 떠 있는 것 같았다. 그러던 어느 날 우리가 벽에 파인 움푹한 공간에서 기다리고 있을 때 발코니에서 누군가가 우리에게 묵직한 돌멩이를 던졌다. 돌멩이는 우리 머리 위 벽에 부딪쳤고 돌먼지가 눈에 쏟아졌다. 다음 날 우리는 벽에 파인 움푹한 공간이 여러 가지 잡동사니로 뒤덮여 있는 것을 발견했다. 위협하는 자세로 발코니에 서 있는 윤곽만 어둡게 보이는 인물이 기다렸다는 듯 손을 흔들어댔다. 우리는 뒤돌아섰다. 우리 등 뒤로 다시 돌멩이가 날아왔고 우리는 흙먼지를 뒤집어썼다.

우리는 오랫동안 그녀에 대한 기억으로 살았다. 언제나 잔잔히 영혼을 위로하는 애수를 안은 채 그녀를 회상했다.

푸른 눈의 여인

1

사립경찰 부서장 조심 키릴로비치 포드쉬블로는 몸은 육중하지만 감성적인 우크라이나 사람이다. 사무실에 앉아 콧수염을 비비꼬면서 화가 난 듯 눈을 크게 부릅뜬 채 그는 뜰을 향해 나 있는 열린 창을 바라보고 있었다. 사무실은 어두침침하고 후덥지근하고 조용했다. 커다란 벽시계의 추만이 똑딱거리며 단조로운 초침 소리를 냈다. 뜰은 아주 매혹적이고 현란했다……. 뜰 한가운데 있는 자작나무 세 그루는 짙은 그늘을 던지고 있었다. 그 그늘 아래 소방용 말들을 위해 얼마 전에 운반해온 건초 더미가 있었다. 조금 전 근무를 교대한 하사관 쿠하린이 건초 더미 위에서 사지를 쭉 펴고 낮잠을 잤다. 조심 키릴로비치는 그를 바라보며 화가 들끓었다. 부하는 낮잠을 자고 있고, 불행한 상사는 이 소굴에 죽치고 앉아서 돌벽의 습한 냄새를 맡고 있어야 했다. 시간과 여건이 허락되어 그늘이 드리운 향기로운 건초 더미에 누워 쉴 수 있다면 얼마나 좋을까 상상하며 조심 키릴로비치는 기지개를 펴고 하품을 했다. 한층 더 화가 나서, 부하를 깨우고 싶은 욕구가 더 강렬해졌다.

"어이, 자네! 에이, 짐승 같은 것! 쿠하린!" 조심 키릴로비치가 큰소리를 질렀다.

문이 열리고 누군가 사무실 안으로 들어왔다. 뒤도 돌아보지 않고, 누가 들어왔는지 아무런 관심도 보이지 않은 채 그는 창밖을 바라봤다. 그의 뒤 문가에 서 있는 사람의 몸무게 때문에 마루가 삐걱거렸다. 쿠하린은 고함 소리에도 꿈쩍하지 않았다. 팔을 머리 밑에 괴고 턱수염을 하늘로 올린 채 단잠에 빠져 있었다. 그가 드르렁거리며 코 고는 소리가 들리는 듯했다. 그것은 약올리는 듯하면서도 달콤한 소리였다. 그래서 쉬고 싶지만 그럴 수 없는 마음을 더욱더 부채질하고 그에 대한 미움을 증폭시켰다. 조심 키릴로비치는 밑으로 내려가 부하의 툭 튀어나온 배를 발길로 걷어찬 뒤 그의 턱수염을 잡고 그늘에서 끌어내려 뜨거운 태양 아래로 질질 끌고 다니는 장면을 상상했다.

"어이, 자네……. 저쪽에 가서 자! 들리는가?"

"네, 제가 당직입니다!" 그의 뒤에서 매혹적인 부드러운 목소리가 들려왔다.

조심 키릴로비치는 돌아서서 적의에 찬 크고 흐릿한 눈을 부릅뜬 채 근무병을 훑어봤다. 그는 명령만 내리면 어디든 돌진할 태세가 되어 있었다.

"내가 자넬 불렀는가?"

"아닙니다!"

"내가 물어봤는가?" 의자를 돌리면서 조심 키릴로비치의 목소리가 높아졌다.

"아닙니다!"

"머릴 박살내기 전에 꺼져버려!" 그는 오른손으로 의자 등받이를 꽉 잡고 왼손으로 성급히 책상 위에서 무언가를 찾기 시작했다. 근무병은 재빨리 문 뒤로 몸을 감추고 사라졌다. 조심 키릴로비치에게는 그가 그렇게 사라지는 것이 제대로 예의를 차리지 않은 행동 같았다. 그는 무더위, 업무, 낮잠 자는 쿠하린, 다가오는 정기시장 개최일, 오늘 이상하게도 그의 의지에 반해 생각나는 불쾌하고 힘든 것에 점점 더 강하게 끓어오르는 분노를 터트리고 싶었다.

"어이! 이리로 와봐……." 그가 문 쪽에다 소리쳤다.

안으로 들어온 근무병은 놀란 얼굴로 차려 자세를 한 채 문 옆에 서 있었다.

"면상하고는!" 조심 키릴로비치는 언짢은 듯 말했다. "뜰에 가서 쿠하린을 깨워 전해라. 뜰 한복판에서 자지 말라고. 꼴불견이야······. 자······ 가봐······."

"알겠습니다! 어떤 부인이 부서장님을······."

"뭐라고?"

"어떤 부인이······."

"어떤?"

"키가 큰······."

"멍청한 놈! 무슨 일이래?"

"부서장님을······."

"가서 물어봐······."

"물어봤습니다······. 말하지 않습니다······. 직접 뵙고 말한다고······."

"오, 빌어먹을! 들여보내······. 젊은가?"

"네, 그렇습니다······."

"그래 들여보내······. 나가봐!" 훨씬 부드럽게 조심 키릴로비치가 명령했다. 그는 옷매무새를 고치고 책상 위의 종이를 부스럭거리면서 엄격한 상관의 표정을 지으려고 했다.

그의 뒤에서 옷이 사각거리는 소리가 들렸다.

"무엇을 도와드릴까요?" 재는 듯한 시선으로 방문객을 살피면서 반쯤 몸을 돌린 그가 물었다. 그 여인은 말없이 인사했다. 진지한 푸른 눈으로 경찰관을 힐끗 바라본 뒤 천천히 책상 쪽으로 다가왔다. 소박하면서 궁색한 옷차림을 한 그녀는 소시민처럼 스카프를 쓰고 아주 낡은 회색 망토를 걸치고 있었다. 작고 아름다운 까무잡잡한 긴 손가락으로는 망토 끝을 돌돌 말고 있었다. 굉장히 큰 가슴, 찌푸린 이마, 키가 크고 통통한 그녀는 아주 특이했고 여자답지 않게 심각하고 엄숙했다. 외모 상으로는 스물일곱 살 정도로 보였다. 되돌아 나가야 하지 않을까 갈등하는 듯 그녀는 생각에 잠겨 천천히 움직였다.

'이런…… 껍다리네.' 조심 키릴로비치는 생각했다. '고자질을 시작하겠지…….'

"물어보고 싶은 게 있습니다." 푸른 눈으로 주저하듯 경찰 관리의 콧수염 난 얼굴을 바라보며 굵직한 저음으로 그녀가 입을 열었다.

"앉으십시오……. 무엇을 알고 싶으신지요?" 사무적인 어조로 물으면서 조심 키릴로비치는 속으로 생각했다. '체격이 아주 좋은 여자군! 헤!'

"증명서에 대해서……." 여인은 말끝을 맺지 못했다.

"아파트요?"

"아뇨, 그게 아니라……."

"그럼 무슨?"

"여자들이 그걸로 노는……." 당황한 그녀는 갑자기 얼굴을 붉혔다.

"그게 뭐죠? 어떤 여자들이 놀죠?" 조심 키릴로비치는 눈썹을 치켜 올리고 장난기 어린 미소를 지으며 물었다.

"다양한 여자들이…… 놀죠, 밤에……."

"그 여자들! 창녀들 말입니까?" 조심 키릴로비치는 이를 드러내며 히죽 웃었다.

"네! 그 여자는요." 길게 숨을 내쉰 후 여인 역시 미소를 지었다. 이 단어를 들었을 때 마음이 편해진 듯했다.

"아하! 그렇군. 그래요, 그럼 무얼 도와드릴까요?" 조심 키릴로비치는 앞으로 뭔가 재밌고 흥미진진한 일이 벌어지리라 느끼면서 묻기 시작했다.

"그 증명서 때문에 왔습니다." 어딘가 맞기라도 한듯이 그녀는 이상하게 머리를 흔들고 한숨을 쉬면서 의자에 털썩 주저앉았다.

"그럼…… 색싯집을 여십니까? 그런가요……."

"아녜요, 저 자신이……." 여인은 고개를 푹 숙였다.

"아하……. 예전 증명서는 어디 있습니까?" 조심 키릴로비치는 여인에게 좀 더 가까이 다가와 그녀의 허리로 손을 뻗치면서 문 쪽을 처다봤다.

"어떤? 없는데요……." 여인은 그에게 눈길을 던졌으나 그의 손을 피하기 위한 어떤 제스처도 취하지 않았다.

"비밀리에 했다는 이야기네? 등록하지 않았나요? 그런 경우도 있지요! 공식 허가를 받겠다는 거죠? 좋습니다……. 더 안전하죠." 자신의 의도를 더 노골적으로 보이면서 조심 키릴로비치가 그녀를 격려했다.

"전 아직 처음이라……." 당황한 듯 그녀는 시선을 밑으로 떨어뜨렸다…….

"처음이라니? 이해가 안 되는군." 조심 키릴로비치는 어깨를 들썩였다…….

"아직은 원하는 거라……. 처음이에요. 시장에 온 거에요." 시선을 들지 않은 채 조용한 목소리로 여인이 설명했다.

"그렇군!" 당황한 조심 키릴로비치는 얼른 그녀의 허리에서 손을 떼고 의자를 뒤로 뺐다.

두 사람은 침묵했다…….

"그렇군요……. 그래요……. 그런데 당신은 왜? 좋지 않습니다. 어려운 일인데…… 물론…… 그래도……. 이상하군요! 솔직히 말하면 왜 그렇게 결정했는지 이해가 안 되는군요. 정말 사실……."

경험 많고 노련한 경찰인 그는 그녀가 창녀 노릇을 하기에는 너무 참하고 고상하다는 것을 본능적으로 느꼈다. 그녀에게는 저속한 행위를 끝낸 뒤에 창녀의 얼굴과 태도에 자연스럽게 드러나는 천박한 티가 전혀 없었다.

"정말, 사실이에요!" 갑자기 그녀는 신뢰하듯 그에게 몸을 숙였다. "그런 저속한 일을 하려고 해요. 거짓말하지는 않겠어요. 어떡하겠어요? 일을 해야 해요. 전 과부예요. 남편은 수로 안내인이었는데 지난 사월에 유빙에 빠져 죽었어요. 아이가 둘이에요, 아들은 아홉 살, 딸아이는 일곱 살입니다. 소득이 전혀 없어요. 친척도 없고요. 전 고아예요. 남편의 친척들은 멀리 있지요. 게다가 절 좋아하지 않아요……. 그들은 얼마나 부자인지 몰라요. 그래서 저를 거지 취급해요. 도움을 청할 데가 없어요. 당연히 일을 해야 해요. 많은 돈이 필요한데 필요한 만큼 벌 수는 없겠지요. 아들은 학교에 다녀요. 무료로 다니도록 여기저기 이야기할 수도 있겠지만, 여자인 제가 뭘 어떻게 하겠어요? 아들 녀석은 아주 영리해요……. 학교를 그만두게 할 수가 없어요……. 딸아이도……. 필요한 게 있지요. 정직한 일은…… 그런 일이 많은가요? 그런데 얼마나 벌 수 있죠? 그리고 어떤 일을 해야 하지요? 부엌데기…… 물론…… 한 달에 오 루블……. 모자라지요! 절대적으로! 그러나 이 일을 하면 운이 좋으면 단번에 일 년치를 벌 수 있죠. 지난번 장날에 어떤 여자는 사백 루블 이상을 벌었어요! 지금은 지참금을 갖고 산림 간수한테 시집을 갔고 이제는 마나님이 됐지요. 잘 살고 있어요……. 치욕은…… 부끄럽지요……. 그러나 생각해보세요……. 운명인 게지요……. 언제나 운명이었죠. 그런 일을 할 생각이 떠올랐다는 건 운명이 지시하는 것이니 해야지요……. 잘되면 좋지만…… 잘 안 되어도 고통과 치욕을 받아들여야지요……. 그것 역시 운명이에요……. 그래요……."

조심 키릴로비치는 그녀가 말하는 단어 하나하나를 다 이해했다. 그녀의 얼굴이 모든 것을 말하고 있었다. 처음에는 뭔가 놀란 듯했으나 좀 지나자 그녀의 얼굴은 대담하고 단호해졌다.

조심 키릴로비치는 혐오스러우면서도 어쩐지 두려웠다.

'저런 여우한테 걸리면…… 껍질은 물론 뼈에 있는 살까지 모조리 발라낼 거야.' 그는 자신의 공포를 그렇게 표현했다. 그녀가 말을 마쳤을 때 그는 무덤덤하게 말했다.

"이 일은 제 소관이 아닙니다. 경찰서장한테 가보십시오. 경찰서장의 일이고, 보건부의 일입니다. 제가 할 수 있는 게 아닙니다……."

그는 그녀가 빨리 자리를 떴으면 했다. 그녀는 즉시 자리에서 일어나 인사를 한 뒤 천천히 문으로 걸어갔다. 조심 키릴로비치는 입술을 굳게 다물고 눈을 가늘게 뜨고 그녀의 뒷모습을 쳐다봤다.

그녀의 등에다 침을 뱉고 싶은 욕구가 일었다……

"경찰서장이라고요?" 문에 거의 다다른 그녀는 몸을 돌렸다……. 그녀의 푸른 눈은 결연하고 침착하게 그를 바라봤다. 이마를 가로질러 깊고 짙은 주름이 져 있었다.

"그래요, 그래!" 조심 키릴로비치는 급히 대답했다.

"안녕히 계십시오! 고맙습니다!" 그리고 그녀는 떠났다.

조심 키릴로비치는 책상에 팔꿈치를 괴고 혼잣말하며 십 분쯤 앉아 있었다.

"저런 못된 것, 어?" 머리를 들지 않으면서 그는 소리 내어 말했다. "아이들이라고! 어떤 아이들! 하! 가증스러운 것!"

그리고 다시 오랫동안 침묵했다.

"그러나 삶은 역시……. 만약 이 모든 것이 사실이라면 삶이 사람을 맘대로 갖고 논다고 말 할 수 있겠지……. 그래……. 성난 듯이 말이야."

또 잠시 침묵한 후 그는 무거운 한숨과 단호한 기침, 활기찬 외침으로 자신의 생각을 마무리했다.

"더러워!"

"명령하실 게 있으십니까?" 당직 관리가 들어왔다.

"뭐?"

"명령하실 게 있으십니까?"

"꺼져버려!"

"알겠습니다."

"멍청한 놈!" 조심 키릴로비치는 중얼거리며 창밖으로 시선을 던졌다…….

쿠하린은 아직도 건초더미 위에서 자고 있었다……. 당직 관리가 그를 깨우는 걸 잊은 듯했다…….

그러나 조심 키릴로비치는 자신의 분노에 대해 잊고 있었다. 멋대로 누워서 자고 있는 부하의 모습도 그의 신경을 건드리지 않았다. 그는 자신이 무언가에 놀랐다고 생각했다. 허공에서 침착한 푸른 눈의 여인이 결연하게 그의 얼굴을 쳐다보고 있었다. 집요한 시선 때문에 그는 마음이 무겁고 편안하지가 않았다…….

시계를 본 후 옷매무새를 고치고 사무실에서 나오면서 그는 공허하게 중얼거렸다.

"아마, 다시 만날 거야……. 아마도."

2

그리고 두 사람은 정말로 다시 만났다.

언젠가 저녁때 본부 옆에서 특별 임무를 서고 있던 조심 키릴로비치는 조금 떨어진 곳에 있는 그녀를 발견했다. 푸른 눈으로 앞쪽 어딘가를 열심히 쳐다보면서 그녀는 느릿하면서도 헤엄치는 듯한 걸음걸이로 공원을 향해 움직이고 있었다. 키 크고 균형 잡힌 몸매, 가슴과 엉덩이의 움직임, 진지하면서도 순종적인 눈빛에는 그녀에게 접근하지 못하게 하는 뭔가가 있었다. 지나칠 정도로 순종적이면서 운명적인 이마의 주름은 첫 만남 때보다 훨씬 더 깊어져 있었다. 그것이 그녀가 가진 크고 통통한 러시아 사람의 얼굴을 날카롭게 보이게 했다.

조심 키릴로비치는 콧수염을 비비 꼬면서 금방 떠오른 장난스러운 생각에 잠시 빠졌으나 여인을 시야에서 놓치고 싶지 않았다.

'아이, 흡혈귀 같으니! 기다려⋯⋯.' 마음속으로 그는 그녀의 등 뒤에다 많은 의미를 담고 있는 말을 던졌다.

약 오 분 뒤 그는 공원 의자에 그녀와 나란히 앉아 있었다.

"절 모르시겠습니까?" 미소를 지으며 그가 물었다.

그녀는 그를 향해 눈을 들어 올리고 침착하게 쳐다봤다.

"아뇨, 기억해요. 안녕하세요." 조용하면서 억눌린 듯한 목소리로 그녀가 말했다. 그러나 그에게 손을 내밀지는 않았다.

"어떻게 됐습니까? 증명서를 받았나요?"

"네!" 그녀는 한결같이 공손한 표정으로 주머니를 뒤적거리기 시작했다.

그는 당황스러웠다.

"아닙니다. 제게는 필요 없습니다. 안 보여주셔도 돼요. 전 당신을 믿습니다. 그리고 전 그럴 권리도 없고요……. 즉…… 그보다는 일이 잘되고 있는지 이야기해주시겠어요?" 그렇게 묻고 그는 즉시 생각했다. '난 꼭 알아야 해! 그럼! 뭘 그렇게 우물주물거리나? 자, 조심 키릴로비치, 대담하게 돌진해.'

그러나 이렇게 자신의 용기를 북돋았지만, 그는 여전히 대담할 수가 없었다. 그녀에게는 즉시 친밀한 관계를 허용하지 않는 무언가가 있었다.

"잘되고 있냐고요? 괜찮지요, 다행히도……." 말을 맺지 못한 채 입을 다물고 그녀는 얼굴을 붉혔다.

"잘됐군요. 축하합니다……. 새로운 일이 힘들지요? 그렇죠?"

갑자기 그녀는 온몸을 그에게 던졌다. 그녀의 얼굴은 창백해지고 일그러졌다. 소리치고 싶은 듯 그녀의 입은 동그래졌다. 그러더니 갑자기 그에게서 몸을 떼고는 좀 전의 포즈를 취했다…….

"괜찮아요……. 익숙해지겠죠." 그녀가 담담하고 분명하게 말했다. 그러곤 손수건을 꺼내 큰 소리로 코를 풀었다.

조심 키릴로비치는 이 모든 것, 그녀의 동작, 옆에 앉아 있는 모습, 침착하고 미동도 않는 푸른 눈 때문에 가슴이 미어지는 것 같았다.

그는 왜인지 자신에게 화가 나 자리에서 벌떡 일어나 말없이 그리고 화난 듯이 그녀에게 손을 내밀었다.

"안녕히 가세요!" 그녀가 부드럽게 말했다…….

그는 그녀에게 고개를 숙인 뒤 자신을 바보, 멍청이, 어린애 같다고 욕하면서 급히 발걸음을 옮겼다…….

'기다려, 당신! 내가 당신에게 본때를 보여주지! 내가 어떤 사람인지 보여주겠어. 요조숙녀인 척 좀 그만해.' 그는 이유 없이 그녀에게 적의를 느꼈다. 그럼에도 그녀가 아무 잘못도 없다는 것을 알고 있었다.

그 사실이 한층 더 그의 적의를 부추겼다…….

3

열흘쯤 뒤에 조심 키릴로비치는 헛간 거리에서 시베리아 부두 쪽으로 걸어가고 있었다. 한 선술집의 창문을 통해 여자들이 악쓰는 소리, 욕설, 난동 소리가 들려 가던 길을 멈췄다.

"경찰관! 보초병!" 헐떡이는 목소리로 여자가 소리쳤다. 무섭게 철컥거리는 타격 소리가 들렸고, 가구가 삐거덕거렸다. 누군가 이런 소음 전체를 제압하는 매혹적인 저음으로 소리쳤다.

"그렇지 그녀를! 다시 한 번! 얼굴을 먹여! 에후!"

조심 키릴로비치는 급히 계단 위로 뛰어올라가 선술집 홀 입구에 우르르 모여 있는 사람들을 밀쳤다. 그의 눈앞에 펼쳐진 광경은 놀라웠다. 그가 알고 있는 푸른 눈의 여인이 책상 위로 몸을 구부리고 있었다. 왼손으로는 한 여인의 머리채를 잡고서 자기 쪽으로 잡아당기고 있었고, 오른손으로는 이미 매질로 부풀어 오른 그녀의 놀란 얼굴을 가차 없이 때리고 있었다.

푸른 눈은 잔인하게 찌푸려져 있었고, 입술은 굳게 닫혀 있었다. 입꼬리에서 턱 쪽으로 깊은 주름이 져 있었다. 전에는 이상할 정도로 침착했던 그녀의 얼굴이 지금은 무자비한 짐승의 얼굴 같았다. 자신에게도 그와 비슷한 고문 행위를 오랫동안 할 준비가 된, 더구나 즐겁게 고문할 준비가 된 짐승 같은 인간의 얼굴이었다.

그녀가 때리고 있는 여인은 신음 소리만 내다가 벗어나려고 기를 쓰며 허공에서 헛되이 두 손을 흔들고 있었다.

조심 키릴로비치는 가슴속에 밀려드는 적의, 누군가에게 무엇인가에 대해 복수하고픈 거친 욕망을 느꼈다. 그는 앞으로 돌진해 때리고 있는 여인의 허리를 뒤에서 잡고 자신 쪽으로 있는 힘껏 당겼다.

책상이 엎어지고 그릇이 깨지는 소리가 났다. 사람들은 거칠게 소리치며 껄껄 웃었다.

조심 키릴로비치는 멍한 상태에서 거칠고 다양한 붉은 면상들이 허공에 어른거리는 것을 보았다. 그는 품 안에서 날뛰고 있는 여인을 꽉 잡고서 그녀의 귀에 속삭였다.

"아아, 당신! 난동 부리고 소동을 일으키는 거야. 아아, 당신!"

구타당한 여인은 깨진 식기 조각들이 흩어져 있는 마룻바닥에 뒹굴며 히스테릭하게 소리치면서 울부짖었다…….

"저 여자가 이 여자한테 말했습니다, 나리. '너는 길거리 쓰레기야, 이 더러운 년아!' 그러자 이 여자가 저 여자를 때렸습니다……. 저 여자가 차가 든 찻잔을 이 여자를 향해 던졌고, 이 여자는 저 여자의 머리채를 잡고 때렸지요! 그렇게 벌어진 일이지요. 여자지만 부럽네요! 힘이 대단해요!" 긴 농민 외투를 입은 날렵하게 생긴 사람이 조심 키릴로비치에 자초지종을 설명했다.

"아하! 그렇군!" 조심 키릴로비치는 으르렁거렸다. 그는 품 안에 있는 여인을 더 꼭 껴안으면서 그 자신이 싸우고 싶은 욕망을 느꼈다…….

"마부! 이봐, 마부!" 목이 붉은 누군가가 넓적한 등을 이상하게 구부리고 창문 너머 길거리를 향해 소리쳤다.

"자, 가시오……. 경찰 본부로! 전진! 두 사람 모두! 당신! 일어나시오……. 당신은 어디 있다 온 거야? 당신은 왜 기웃거리는 거지? 얼굴하고는! 경찰 본부로 호송해. 잘났어! 두 사람 다……. 자!"

용감한 경찰은 두 여인의 등을 밀치면서 선술집에서 데리고 나갔다.

"코냑 한 잔 주시오……. 프러시아 젤테르 코냑을, 빨리!" 조심 키릴로비치는 술집 급사에게 소리쳤다. 그러곤 자신이 모든 사람과 모든 것에 지치고 악의에 차 있다는 것을 느끼면서 창가 옆 의자에 우울하게 앉았다.

＊＊

이른 아침 그녀는 처음 만났을 때처럼 결연하고 침착한 모습으로 그의 앞에 서 있었다. 푸른 눈으로 그의 눈을 똑바로 쳐다보면서 그의 말을 기다렸다.

흥분하여 잠을 제대로 자지 못한 조심 키릴로비치는 책상 위의 서류를 던지면서도 어떻게 그녀와 이야기를 시작해야 할지 난감했다. 이런 경우 일반적으로 했던 틀에 박힌 위협과 욕설이 입에서 튀어나오지 않았다. 뭔가 더 악의에 찬 강렬한 한 방을 그녀에게 먹이고 싶었다.

"어떻게 시작된 일이지요? 빨리 말하시오!"

"그녀가 나를 욕했어요……." 단호하게 그녀가 말했다.

"대단한 자존심이군요……. 그렇지요!" 조롱하듯이 조심 키릴로비치가 말했다.

"그녀는 그렇게 말할 권리가 없어요……. 나와 그녀는 비견할 수가 없지요."

"아하, 그래요! 그럼 당신은 누구요?"

"저는 가난 때문에…… 만일…… 그러나 그녀는……."

"그래요?! 그럼 그녀는 만족 때문에 그런가요?"

"그녀요?"

"그래요, 그녀. 그런가요?"

"그녀는? 아이가 없지요……."

"당신은……. 입 닥치시오, 가증스러운 것! 당신의 아이들을 들먹여서 나를 속이려 하지 마시오……. 가시오. 그러나 다시 당신을 만나면 가만두지 않을 테니 썩 꺼지시오! 시장에서도 꺼지시오! 알아들었소? 자! 난 당신 같은 사람을 잘 알아! 내가 당신을 혼쭐내주지! 소동을 일으켜? 그럼 내가 더한 소동을 일으켜주지……. 더러운 것!"

모욕적인 말이 그의 입에서 연달아 튀어나왔다. 그녀의 얼굴이 창백해지고 그녀의 눈은 어제 선술집에서처럼 가늘어졌다.

"꺼지시오!" 주먹으로 책상을 치면서 조심 키릴로비치가 소리쳤다.

"신이 당신을 심판하시겠죠……." 차분하고 위협적으로 말한 뒤 그녀는 재빨리 사무실에서 사라졌다.

"내가 당신에게 본때를 보여주지. 심판관이라고!" 조심 키릴로비치가 울부짖었다. 그는 그녀를 모욕하는 게 기분 좋았다. 그녀의 침착한 얼굴, 푸른 눈의 결연한 시선이 그의 신경을 건드렸다. 그녀는 도대체 뭘 숨기는 거지, 왜 잘난 체를 하는 거지? 아이들? 말도 안 돼. 뻔뻔해. 여기에 왜 아이들이? 몸 파는 여인이 몸을 팔러 시장에 왔는데 왜인지 고집부리며 버틴다……. 수난자, 가난 때문에……. 아이들. 누구를 속이려고 하는 거지? 공개적으로 죄를 짓기에는 너무 창피해서 가난 때문이라고 포장하고 있다. 흥! 대단하군!

4

그러나 실제로 아이들이 있었다. 오래된 교복을 입은 소년은 하얀 피부에 검은 수건으로 귀를 싸맨 부끄럼 많은 아이였다. 소녀는 격자무늬가 있는 자기 몸보다 큰 외투를 입고 있었다. 두 아이는 까쉰 부두의 갑판 위에서 가을바람에 몸을 떨며 조용히 대화를 나누고 있었다. 아이들의 엄마는 아이들 뒤에 있는 짐 더미에 등을 기댄 채 서 있었다. 그녀는 부드러운 푸른 눈으로 아이들을 바라보고 있었다.

소년은 엄마와 닮았다. 그의 눈 역시 푸른색이었다. 차양이 찢긴 모자를 쓴 그는 엄마 쪽을 자주 뒤돌아보며 미소를 지은 채 무언가를 말했다. 주근깨투성이에 코가 뾰족한 소녀는 생기 있고 영리하게 빛나는 커다란 회색 눈을 갖고 있었다. 아이들 주변의 부두에는 보따리와 꾸러미들이 놓여 있었다.

구월 말이었다. 아침부터 비가 왔고, 해안가는 진창으로 뒤덮였다. 차갑고 축축한 바람이 불었다.

볼가 강을 따라 흐르는 탁한 물결이 해안가에 시끄럽게 철썩거렸다. 사방에서 둔탁하고 묵직하고 강한 소음이 들렸다……. 근심 걱정에 휩싸이거나 어딘가로 가고자 하는 다양한 사람들이 왕래했다……. 활기찬 해안가 거리의 일상을 배경으로 무언가를 침착하게 기다리는 두 아이와 엄마는 곧 눈길을 끌었다.

조심 키릴로비치는 벌써 한참 전에 이 세 사람을 발견했고 멀찍이 떨어져서 그들을 주의 깊게 관찰했다. 그는 세 사람의 일거수일투족을 주시했는데 어쩐지 부끄러웠다…….

시베리아 부두에서 출발한 까쉰 행 기선이 도착했고 삼십 분 후에는 볼가 강을 따라 상류로 출발할 예정이었다…….

군중은 정박지에 모이기 시작했다.

푸른 눈의 여인은 아이들에게 몸을 숙인 뒤 온갖 보따리를 든 채 자세를 바로잡고 계단 아래로 내려왔다. 그 뒤를 따라 보따리를 하나씩 든 아이들이 서로 손을 잡고 내려왔다…….

조심 키릴로비치도 정박지로 가야만 했다. 그러고 싶지 않았지만 어쩔 수 없이 해야 했다. 잠시 후 그는 매표소에서 멀지 않은 곳에 서 있었다.

그녀가 표를 사고 있었다. 그녀는 손에 두꺼운 노란 지갑을 들고 있었는데 지갑 속에 든 지폐 다발이 보였다.

"음, 코스트로마행 표를 주세요……. 아이들은 이 등급, 나는 삼 등급으로 주세요. 아이 둘인데 표 하나로 안 될까요? 안 되나요? 좀 봐주시겠어요? 정말 감사드립니다! 신의 가호가 있기를……."

그리고 그녀는 만족스런 얼굴로 물러났다. 아이들은 그녀 주위를 빙빙 돌며 그녀의 옷을 붙잡기도 하면서 무언가를 졸랐다……. 그녀는 아이들의 말을 들으며 미소를 지었다…….

"오, 이런, 그래 사줄게, 사준다고! 뭐가 아깝겠니? 두 개씩? 그래……. 여기 있어."

그녀는 다양한 잡화와 과일을 파는 다리로 다가갔다.

잠시 후 그녀는 아이들 옆에서 말했다.

"자, 바랴한테는 비누⋯⋯. 아 냄새 좋다! 자, 맡아봐. 그리고 페탸한테는 칼⋯⋯. 엄마가 약속을 지켰지, 그럼. 그리고 오렌지 열 개다. 먹어라⋯⋯. 한꺼번에 다 먹지는 말고⋯⋯."

기선이 부두로 다가왔다. 부딪치는 충격. 모두들 흔들리기 시작했다. 여인은 양팔로 아이들의 어깨를 잡고 몸 쪽으로 꼭 껴안고는 걱정스러운 듯 주위를 둘러봤다. 모두들 안정을 되찾았고, 침착해진 그녀는 웃음을 터트렸다. 아이들도 그녀를 따라 웃기 시작했다. 트랩이 놓였고 군중은 떼를 지어 기선으로 밀려들었다.

"서시오! 어딜 밀치는 거야! 망나니 같으니!" 조심 키릴로비치가 군중을 들여보내면서 끌, 망치, 도끼 등 온갖 도구를 들쳐 맨어떤 목수에게 호통을 쳤다. "빌어먹을! 부인과 아이들을 들여보내⋯⋯. 이런 괴상한 사람 같으니, 이봐!" 푸른 눈의 여인이 옆을 지나치며 그에게 미소 짓고 인사를 하며 기선으로 들어갈 때, 그는 훨씬 부드러운 어투로 말했다⋯⋯.

세 번째 기적 소리.

"선수를 올려라!" 다리에서 명령 소리가 들렸다. 기선은 몸을 떨며 천천히 나아갔다⋯⋯.

조심 키릴로비치는 갑판에 있는 군중에게 눈길을 던지면서 여인을 찾았다. 그는 정중하게 모자를 벗고 그녀에게 인사를 했다.

답례로 그녀는 러시아식으로 몸을 깊이 숙이고 인사했고 열심히 성호를 긋기 시작했다.

그렇게 그녀는 아이들과 함께 코스트로마로 떠났다.

조심 키릴로비치는 잠시 그녀의 뒷모습을 바라봤다. 깊은 한숨을 내쉰 그는 정박지를 떠나 사무실로 향했다. 그는 침울했고 의기소침해 있었다.

아쿨리나 할머니

스케치

살얼음이 어는 가을날 동냥을 마치고 집으로 돌아오는 길에 아쿨리나 할머니는 미끄러져 크게 다쳤다. 일어나려고 길 위에서 버둥거리고 있는데 안면 있는 경찰관이 그녀를 보고서 다가왔다. 여느 때처럼 그녀가 거나하게 취했다고 생각한 그는 욕설을 퍼붓기 시작했다.

"이런, 늙은 악마 같으니, 또 술을 퍼마셨어! 빨리 죽지 않고 뭐해? 당신 때문에 쓸데없는 걱정을 얼마나 많이 하는지 알아! 아휴 이 할망구야⋯⋯." 그가 말했다.

그의 눈초리는 매서웠고, 목소리는 거칠고 쌀쌀맞았다. 그래도 아쿨리나 할머니는 기분 나빠하지 않았다. 그는 선량한 경찰이었다. 그냥 욕설을 할 리도 없었고 경찰서로 데리고 가지도 않았다. 그렇지만 지금은 먼저 길바닥에서 일으켜 세워줬으면 좋을 것을!

그는 잘못한 그녀를 한 번도 유치장에 보내지 않고 언제나 집으로 돌려보냈다. 욕하는 것은 괜찮다. 걱정을 끼치는 사람한테 욕을 안 할 수는 없는 일이니까.

자신의 잘못을 씻으려는 듯 그녀는 온 힘을 모아 일어서려고 했다. 그러나 신음 소리를 내며 인상을 쓰고 끙끙거리다가 다시 길 위에 넘어졌다.

"늙다리 같으니!" 경찰관은 그녀를 일으켜 세우려 했다.

"니키포르이치, 건드리지 마! 아마도 크게 다친 것 같아."

"자! 일어나! 정말 다쳤나……. 어떡해……."

"니키포르이치, 다리가 쑤시고 아파……. 오른쪽이……. 건드리지 마. 잠깐만! 죽었나 봐."

"왜 그래, 할망구! 어떻게 만지지 않을 수 있어? 떡하니 길 위에 누워서 소리치고 있으면서. 양심이 있으면 저쪽 구석으로 가 있든지."

"니키포르이치, 죽을 날이 다가왔나봐! 집으로 데려다주면 좋겠는데!"

"알았다고, 미련 곰퉁이 같으니! 마부!"

몇 분 후 두 사람은 마차에 타고 있었다. 아쿨리나 할머니는 바닥에 앉아 끙끙거렸고 니키포르이치는 험악하게 얼굴을 찌푸린 채 그녀의 머리를 받치고 있었다.

"에이, 마귀할멈 같으니! 그렇게 끙끙거리지 좀 마!"

"아파서 그래."

"이런! 돈을 떨어뜨렸어. 전부 잃어버렸어, 늙은 멍청이 같으니!"

"어떤 돈?"

"동냥한…… 칠 코페이카인데!"

"정말 큰돈이네! 흥!" 니키포르이치는 불그스레한 콧수염으로 콧방귀를 꼈다.

"그럼! 먹여 살릴 사람들이 많아. 푼돈이 큰돈이 되는 거야. 아! 좀 살살 가라고 마부한테 이야기 좀 해줘!"

"자네!" 니키포르이치는 아무런 이유 없이 갑자기 화를 벌컥 냈다. "멍청한 놈! 아픈 사람이 타고 있는 걸 몰라? 좀 똑바로 가."

그는 마부의 등을 노려봤고 조금 전보다 훨씬 부드럽게 아쿨리나 할머니와 이야기를 계속했다.

"먹여 살릴 사람들이라고. 바보 같은 할망구네. 그 사람들이 당신에게 뭘 해줬는데? 사람이라고! 온갖 인간쓰레기, 사기꾼, 나쁜년들인데, 사람들이라! 할망구, 바보구만, 아주 형편없는 바보야. 그들을 망치고 있어……. 할망구가 없었으면 그들은 일을 했을 거야. 당신이 그들을 망쳐버렸어……. 그들은 즐기고 있다고, 이 할망구야! 할망구 목에 올라타서 즐기고 있다고. 악마 같으니! 혼구멍을 내야 하는데! 그런데 그들 편을 들다니, 그들을 너무 옹호하지 마. 그럼! 에후! 당신은……. 제 몸도 제대로 못 가누면서 마음은 천사 같구먼! 잠들었나? 어?"

경찰관 무릎에 머리를 기대고 미동도 없이 누워 있는 아쿨리나 할머니는 한마디도 하지 않았다. 그녀의 얼굴빛은 푸르스름하게 변했다. 이가 없는 합죽이 입은 반쯤 열려 있고, 눈은 움푹 들어갔다. 머리에서 벗겨진 낡은 회색빛 머릿수건 밑으로 반백이지만 아직 숱이 많은 곱슬머리가 삐져나왔다.

'정말 부러진 것 같은데…….' 니키포르이치는 주의 깊게 그녀를 바라보며 생각했다. "혹시 죽은 건 아닌가?" 마부를 향해 그가 소리 내어 말했다.

마부는 어깨 너머로 아쿨리나 할머니를 힐끗 보더니 짧게 답했다.

"신이 아시겠죠! 아직은 아닌 것 같은뎁쇼."

"그래, 아직 따뜻해. 어쨌건 병원으로 데려가야겠어."

"음! 집이 더 가까운뎁쇼. 바로 저깁니다!" 마부가 말했다.

니키포르이치는 아무 말도 하지 않았다. 마부는 말을 재촉했다.

"자, 이놈아! 달려라……."

아쿨리나 할머니를 집으로 데려갔다.

* * *

　판자로 만든 널빤지 위에 누워 있는 아쿨리나 할머니 외에도 작고 축축하고 어두운 지하 방에는 여덟 명의 사람이 거주하고 있었다. 쉰 살 정도의 회색빛 누더기 같은 변호사는 음주로 부은 얼굴을 한 채 의자에 앉아 있었다. 그 옆에는 그의 동거녀 마리카 프로셀르이가 있었는데 회색빛 멍청한 눈을 한 뚱뚱한 여자로 반쯤 백치였다. 누구나 재미로 그녀를 괴롭혔는데 그녀는 한 번도 화를 내지 않았다. 오히려 목을 때리거나 갈비뼈를 쥐어박은 상대편을 언제나 놀라서 휘둥그레진 눈으로 바라볼 뿐이었다. 마룻바닥에는 네 사람이 앉아 있었다. 야를르이크, 마모치카, 표트르, 나스텐카였다. 열일곱 살의 야를르이크는 도둑질을 해서 벌써 세 번이나 옥살이를 했다. 낡은 가운을 걸친 그의 선생 마모치카는 크고 동그란 녹색 눈을 한 마르고 키가 큰 부랑자였다. 표트르 아사이치부흐는 주인의 돈을 횡령한 죄로 석 달간의 복역을 마치고 일주일 전에 출소했다. 턱수염과 콧수염을 기른 창백하면서 신경질적인 얼굴을 한 몸이 건강한 젊은이였다. 그리고 나스텐카가 있었다.

　그들은 카드놀이를 하고 있었다. 나스텐카가 물주 노릇을 했다. 예쁘장하나 온통 할퀸 자국과 멍투성이인 형편없는 얼굴의 그녀는 패거리에게 쉰 소리로 말했다.

"받아라! 얼마 걸 거야? 천 루블? 좋아! 십 루블? 가만두지 않겠어! 모두들 끝장을 내주지!"

나머지 사람들은 어둠 속 벽 옆에 바짝 달라붙어 있었다. 널빤지 위의 아쿨리나 할머니 발치에는 사제 지야콘이 앉아 있었다. 그는 삭발례를 준비하는 예비 사제였다. 커다란 검은 눈과 검은 머리의 그는 몸집이 크고 동작이 굼떴다. 그의 머리를 뒤덮고 있는 뻣뻣한 머리카락에는 지푸라기, 나무껍질, 깃털 등 온갖 쓰레기가 달라붙어 있었다.

"감자가루를 빵과 함께 다리에 붙이면 괜찮아!" 벽 어딘가에서 말소리가 들려왔다.

"진흙과 식초를 섞어 양말에 넣어 상처에 붙이면 효과가 있어!" 마룻바닥에서 마모치카가 말하며 코를 크게 풀었다.

"보드카야 말로 모든 병의 만병통치약이야!" 사제 지야콘이 말했다.

"애들아!" 아쿨리나 할머니가 온화하면서도 애처롭게 신음하듯 말하자 순식간에 지하실이 조용해졌다. "사랑스런…… 내 새끼들……. 불쌍한 내 새끼들……. 제발 어떻게 좀 해봐! 날 죽여줘……. 제발 죽여줘……. 더 이상 버틸 힘이 없어! 산 채로 불타는 것 같아……. 오오!"

카드놀이꾼들 사이에 약간의 소요가 일더니 모두들 어딘가로 움직였다. 나스텐카는 두 번이나 연달아 카드를 왼쪽으로 던졌다…….

사제 지야콘은 찌푸린 얼굴로 산발한 머리를 빗기 시작했고, 변호사는 기침을 하며 동거녀의 옆구리를 팔꿈치로 쳤으나 언제나처럼 그녀는 아무런 반응도 하지 않았다.

그러나 곧 모두들 원상태로 돌아갔다…….

"뭔 짓을 하고 있는 거야!" 야를르이크가 나스텐카에게 단호하게 말했다. "다시 섞어……."

나스텐카는 한숨을 쉬며 카드를 모아 섞기 시작했다. 변호사는 눈을 들더니 무언가 구슬픈 가락을 휘파람으로 불었다.

"괜찮아, 할망구, 좀 참아." 사제 지야콘이 말한 뒤 노래를 부르려는 듯 목소리를 가다듬었다.

"힘이 없어……. 내 새끼들……." 할머니가 넋두리했다.

"괜찮아질 거야, 걱정 마……. 할망구는 아주 건강해……." 마모치카가 그녀를 위로했다.

"온몸이 쑤시고 아파."

"그건 어쩔 수 없어. 더 크게 소리치면 좀 덜 아플 거야. 소리쳐서 고통을 속이는 거지." 사제가 조언했다.

"주여! 예수님! 오! 난 어떻게 되는 거지……. 죽겠지……."

"이겼다!" 나스텐카가 기쁨에 차 소리쳤다. "돈내기를 했으면 도대체 얼마나 땄을까."

* * *

아쿨리나 할머니는 갑자기 신음 소리를 멈추고 몸을 쭉 뻗더니 움직이지도 않고 삼십 분 정도 조용히 있었다.

"잠들었어!" 사제가 말했다. 그는 카드놀이꾼들에게 다가가서 그들 옆에 쭈그리고 앉아 속으로 무언가를 중얼거렸다.

변호사는 인상을 쓴 채 책상에서 내려오더니 지야콘이 앉아 있던 널빤지 말에 앉았다. 그는 아쿨리나 할머니의 얼굴을 주의 깊게 바라보더니 쉰 소리로 확신 있게 말했다.

"그렇군……. 자고 있어!"

그러나 잘못 본 것이었다.

아쿨리나 할머니는 합죽이 입을 벌리더니 입술을 오물거리며 하소연했다.

"니키포르이치, 이보게! 제발 돈을 좀 찾아줘……. 모두들 돈을 기다리고 있어……. 칠 코페이카를 찾아줘. 저기 담 옆에 찾아보면…… 이 코페이카짜리 동전이 두 개…… 하나는 헌것이고, 하나는 좀 더 새것이야……. 나리! 불쌍한 노인네에게 적선을 해주십쇼. 가족이 있어요. 새끼들이! 저기 동냥 바구니가……. 나리는 오늘 배불리 드시겠죠……. 이 할망구는 술 한잔할 돈도 없습니다! 허 참! 적선도 하지 않고……. 저녁기도를 가시나요."

사랑스런 나의 라리온!
나랑 같이 산보하러 가요,
나 젊은 아가씨가
혹한 속에 그대를 기다리고 있어요…….

아쿨리나 할머니의 목소리가 흘러나왔다. 그녀는 성한 다리로 박자를 맞추며 이쪽저쪽으로 몸을 움직였다.
"음! 음! 음!"
"헛소리를 하는군……." 양미간을 긁으면서 변호사가 말했다.
카드놀이꾼들이 모두 마룻바닥에서 일어나 환자 옆에 모여들더니 호기심 어린 미소를 띤 채 그녀를 쳐다봤다.
"뭔 소리야, 춤추고 있고만!" 야를르이크가 상황을 파악하고는 웃음을 터트렸다.
"춤춰, 할망구." 변호사가 음침하게 말했다. "우리가 어떻게든 해야 하는데. 보니까 할망구가 진짜 아파."
"보드카를 주면 어떨까. 멋진 잔에 담아서." 지야콘이 입맛을 다시다가 한숨을 쉬며 말했다.

"병원에 보내야 해." 침대에서 멀어지면서 마모치카가 무뚝뚝하게 말을 던졌다.

"병원에 가면 돈이 많이 들 텐데……." 누군가 회의적으로 말했다.

"그래, 돈이 없지……. 그리고 어떻게 보내? 마부도 불러야 하고…… 기타 등등. 그런데 돈은?" 변호사가 맞장구쳤다.

"지난번 페자쉬카처럼 할망구를 병원에 데려간 뒤 거기다 버리는 거야……. 그럼 병원에서 받아주겠지!" 나스텐카가 제안했다.

"데려가……. 네가 멋진 말이 되어 달렸을 텐데, 마차가 없으니 정말 안타깝네." 야를르이크가 비꼬며 놀렸다.

"내 새끼들아, 먹어라! 양배추가 든 만두가 저기 있다. 큰 거야. 난 죄인이야……. 노점상에서 훔쳤는데, 그가 쳐다봤어. 그런데 나는…… 니키포르이치! 늙은 술주정뱅이를 때리지 마……."

"아으, 할망구야!" 변호사가 한숨을 쉬었다.

"음식을 주는 건 어떨까? 뭐라도 있나?" 구석에서 누군가가 말했다.

"그래 먹기라도 했으면!" 마모치카가 동의했다.

"할망구 자루는 어디 있지?" 야를르이크가 나스텐카에게 물었다.

자루를 찾기 시작했으나 찾을 수 없었다.

이 상황이 모두에게 불쾌한 마음을 불러 일으켰다.

"에이, 빌어먹을!" 누군가 욕설을 퍼부었다.

서로 마주보면서 모두 침묵했다. 아마도 똑같은 생각을 하는 것 같았다.

"할망구가 죽으면 이제 우리는 어떻게 살지?" 지야콘이 안타까운 목소리로 물었다. 침묵이 중단됐다.

"그래?"

"정말?"

"솔직히 말하면 우리는 할망구의 동냥질로 먹고 살았잖아!"

"그래, 이제는 각자 스스로를 책임져야 해. 노파를 데려가니." 변호사가 단호하게 말했다.

모두들 몸을 움츠리고 표정이 어두워졌다.

"먹어라, 내 새끼들아, 내가 살아 있는 동안에는…… 내가 너희들을……." 아쿨리나 할머니가 헛소리를 했다.

그리고 그녀의 존경스런 손자들은 자신들 앞에 펼쳐진 진실 앞에 혼란스러워했다.

* * *

아쿨리나 할머니는 자드나야 모크라야(축축한 뒷골목) 거리의 박애주의자였다. 그녀는 구걸을 해서 먹고 살았고, 가끔은 도둑질도 했다. 그녀 옆에는 늘 다섯 명에서 열 명의 '손자들'이 빈대 붙어 살고 있었다. 언제나 용케도 그녀는 밥과 술로 그들을 먹여 살렸다. '손자들'은 한때 다양한 이유로 자기 직업을 잃어버린 대단한 술꾼, 부랑자, 도둑, 창녀들이었다.

아쿨리나 할머니는 도와줄 사람과 그렇지 않을 사람을 구분할 줄 몰랐다. 그래서 운명이 그녀의 거처로 몰아낸 모두에게 진심으로 똑같이 따뜻하게 대했다.

온 거리가 그녀를 알고 있었다. 그녀에 대한 명성은 거리 너머 멀리까지 퍼져 있었다. 그러나 부랑자가 된 사람들 사이에서 그녀의 '손자가 된다는 것'은 가장 극단적인 상황으로 내몰렸다는 것을 의미했다. 아쿨리나 할머니의 이름은 바로 최극빈층의 생활을 의미했다. 그래서 박애 활동으로 널리 유명세를 떨쳤지만 그녀는 자신이 보살피는 '손자들'의 사랑을 받지는 못했다.

그녀와 같이 생활하는 데에는 큰 애로사항이 있었다. 그녀는 경찰들에게 너무 유명한 인사였다. 수상한 놈을 찾을 때는 아쿨리나 할머니의 거처부터 수색을 시작했다. 그래서 어떻게든 입에 풀칠

할 수 있는 부랑자들은 그녀를 멀리했고, 굶어 죽을 지경 같은 가장 절망적인 상황에 내몰릴 때에야 비로서 그녀를 찾아왔다.

　게다가 아쿨리나 할머니의 외모는 아주 끔찍했다. 언제나 술에 취해 있는 그녀는 키도 작고 아주 낡고 더러운 옷을 걸치고 있었다. 그녀의 얼굴은 '손자들'이 가한 여러 상처 자국으로 엉망진창에다 주름투성이였고, 그 한가운데는 비대한 붉은 코가 떡하니 자리 잡고 있었다. 게다가 눈물이 질질 흐르는 충혈된 눈을 한 그녀는 이미 오래전부터 따라다니는 꼬리표처럼 진짜 '끼예프의 마녀' 같았다. 그녀는 늙어 꼬부라진 몸으로 지팡이로 인도를 툭툭 두드리며 걸어갔다. 합죽이 같은 검은 입은 늘 미소를 띤 채 뭔가 쉬쉬거리며 중얼거렸다. 그녀는 살아 있으면서 더러운 냄새가 나는 혐오스런 덩어리 자체였다. 그랬다. 그녀는 어떻게든 호감을 불러일으킬 수 없었다. 그럼에도 불구하고 불행하게도, 그녀 자신은 불행인지도 잘 모르는 듯한데, 주위에 사람이 없으면 견디지 못했다. 그래서 운명이 그녀에게 '손자들'을 보내지 않으면 운명의 부주의를 바로 잡기 위해 스스로 할 수 있는 한 '손자들'을 끌어모았다.

　'사회의 쓰레기' 집합소, 이 슬프고 우울한 세계에는 버림받은 사람들이 모여 있었고, 아쿨리나 할머니는 가장 밑바닥에 속하는 사람이었다.

* * *

"어떻게든 될 거야!" 긴장된 침묵을 깨면서 야를르이크가 소리
쳤다.

"우린 곤란한 상황에 빠졌어!" 지야콘이 말했다.

변호사도 낙담해서 동조했다.

"우리는 마지막 안식처를 잃어버렸어!"

"자, 우리의 안식처는 남아 있을 거야." 위로하듯이 마모치카가
말했다. "오늘 우리가 어떻게, 무엇을 먹을 것인가는 아주 하찮은
일이야."

"그런데, 우린 오늘 당장 먹을 음식도 없어." 지야콘이 우울하
게 말했다.

"배에서 꼬르륵거리겠지, 굶주린 배를 움켜쥐고 잠자리에 누우
면!" 야를르이크가 비꼬듯 말했다.

"애들아…… 물을 좀!" 눈을 뜨고 아쿨리나 할머니가 속삭였다.

나스텐카가 그녀에게 물을 갖다줬다. 할머니는 물을 마신 후 떨
리는 손으로 성호를 긋고 모두를 둘러봤다. 그 뒤 그녀는 힘겹게
숨을 내쉬며 누워 있는 넝마더미에서 이상하게 머리를 움직였다.

"제발, 너희들을!" 힘이 없어 떨려서 더 역겹게 쉬쉬거리는 소
리로 그녀가 말했다. "내가 모르는 사람이네……. 자넨 누구야?"

"저는, 부흐······."

"그래, 부흐야, 신의 가호가 함께하길······. 어쨌건 사람이니까. 우리는 모두 똑같아. 애들아, 나는 죽는다. 할망구가 죽어. 신이 너희와 함께하길! 살면서 죄를 짓고 술에 만취하고 도둑질을 했어······. 이제 죽으면 더 이상 그런 짓은 안 하겠지······."

"맞아요, 죽은 사람이 술을 마시고 싶지는 않겠죠." 장난치듯 지야콘이 맞장구쳤다.

아쿨리나 할머니의 의식이 돌아오자 그는 오늘 뭔가 먹을 수 있구나 하는 희망을 품었다.

"아무것도 원치 않아, 그래! 너희는 나를 용서해라······. 신이 너희 모두를 용서할 거다. 너희는 나를 좋아하지 않았지만, 어쩌겠니. 난 너희를 좋아했다. 주여! 잘 있어라. 하늘의 왕국이 너희를 구원할 것이다!"

아쿨리나 할머니는 다시 성호를 그었다.

"자, 할망구, 그만해!" 변호사가 인상을 쓰며 말했다. "자리에서 일어날 거야······. 좀 누워 있다 일어날 거야······."

"아니, 이제는 못 일어나. 전부 망가졌어. 간도 망가졌어. 슬프지만······. 잘들 있어라!"

"할망구!" 마모치카가 그녀의 말을 중단했다. "그만해요, 그냥 오늘 뭘 모았는지 말해봐."

"내가? 기억력이 나빠졌나봐. 생각이 안 나. 모으긴 했는데…… 어떻게 모으지 않겠어? 언제나 모았는데……."

"그건 어디에 있는데?" 지야콘이 물었다.

"모르겠어……. 누가 나를 일으켜줬지? 니키포르이치? 그에게 있겠지. 가봐……."

"나스텐카 빨리 가서 알아봐."

"이런 형편없는 몰골로 밖에 나가라고!"

"던져버리기 전에 얼른 다녀와!"

"악마 같으니!"

"욕하지 마라, 얘들아…… 그만해. 다른 말을 좀 들려다오……. 죽어가고 있잖니……. 정말 죽어가고 있어……. 얘들아, 내 머리맡 상자 곽에 삼 루블짜리 지폐가 들어 있다……. 관을 마련하기 위해…… 모아둔 거야……. 내가 죽거든…… 꺼내서…… 그리고……."

그녀는 숨을 헐떡였고 이마에 땀이 솟았다.

사람들은 침묵한 채 주의 깊게 그녀를 지켜봤다. 그러나 침묵은 채 이 분도 가지 않았다.

"아쿨리나 할망구……." 지야콘이 덤덤하게 말을 꺼냈다.

"어?"

"나한테 화내지 말고. 말할 게 있는데……. 죽은 사람에게는

다 마찬가지 아닌가……. 그는 아무것도 필요 없지만, 우리는 살아야 하잖아. 할망구에게 뭐가 필요하겠어? 관을 쓰건 안 쓰건…… 마찬가지 아닌가. 경찰서에서 언제나 관을 마련해주니까 우리에게 그 돈을 주면 밥이라도 먹을 수 있잖아."

"그러지 말게……. 자네 무슨 짓인가?" 변호사가 속삭였다.

지야콘은 나머지 사람들을 쳐다봤다.

그들은 그의 의도가 어떻게 될지 애타게 기다렸다. 그는 그걸 눈치챘다.

"우리도 같이 죽을까?" 아쿨리나 할머니에게 몸을 숙이면서 지야콘이 속삭이듯 물었다. "어떻게 할까? 우리도 같이 데려갈래?"

아쿨리나 할머니는 입을 떡 벌리고 침을 꼴깍 삼키면서 겨우 들릴 정도로 속삭였다.

"가져, 가져가, 난 늙은 머저리야……. 죽음 앞에서 너희들을 생각지 못했어……. 가져가……. 자 여기…… 물론…… 경찰서에서 관을…… 바보."

그리고 입을 다물었다.

"야를르이크! 빨리 갔다 와! 쏜살같이!" 그녀의 머리맡에서 삼 루블 짜리 지폐가 든 하얀 약통을 꺼내면서 지야콘이 환호하듯 말했다.

야를르이크가 인상을 쓰면서 사라졌다.

"자, 여러분, 환자를 좀 내버려두죠. 휴식을 취해야 해요." 상황 파악이 빠른 지야콘이 말했다.

사람들은 아쿨리나 할머니 옆에서 물러났다. 그녀는 넝마더미 위에 홀로 남았다. 그녀의 회색빛 얼굴은 넝마더미 속에서 더 확실하게 두드러져 보였다. 그녀는 미동도 없이 누워서 이따금 약하게 신음 소리를 냈다.

아무도 그녀가 언제 죽었는지 눈치채지 못했다.

* * *

다음 날 그녀를 매장했다. 관은 짐마차 위에 놓여 있었다. 마부는 모자도 안 쓰고 마차 옆에서 걸어가며, 마차 다른 편에서 사망 신고서를 들고 걷고 있던 경찰관 니키포르이치를 향해 불평하듯 말했다.

"난 진실을 말하는 거유. 이게 뭔 질서요? 멀쩡히 일하는 사람을 데려다가 이렇게 부려 먹다니! 그래, 마차로 모셔가는 거야 할 수 있지! 그런데 돈은 누가 주지? 어? 빵 시장에서 일했으면 일 루블 오십 코페이카를 벌었을 텐데. 오십 코페이카를 주다니. 다음번에는 안 돼. 얼마나 시간을 낭비하는 거야? 오십 코페이카를 갖고는 말도 제대로 먹일 수 없어. 알겠어, 경찰관 나리."

그러나 니키포르이치는 마부의 불평에 아무런 대구도 하지 않았다. 살면서 온갖 세상만사를 다 지켜본 그였다. 그 옆에는 변호사가 걷고 있었다. 그는 모자도 없이 더러운 헝겊 조각으로 귀를 싸맨 채 몸을 심하게 웅크리고 낡아 빠진 여자용 민소매 상의 주머니에 손을 깊이 찔러 넣고 있었다. 니키포르이치는 울컥해서 말했다.

"노인네는 흡혈귀 같은 당신들에게는 어머니나 마찬가지였어. 술을 많이 마셨지만 그건 문제가 안 되지. 도둑질을 한 건 바로 당신들을 위해서였어. 알아? 나, 그리고 당신이 그녀의 마지막 가는 길을 배웅하고 있군. 경찰서에서 나를 파견하지 않았어도 간청을 해서라도 할망구 마지막 가는 길을 지켰을 거야. 알겠어? 나는 사람들 마음을 꿰뚫어볼 줄 알아. 그래. 자네가 죽으면, 알아, 자네도 곧 죽을 거야. 나를 속일 순 없어. 안 되지. 얼굴을 보면 안다니까. 자넨 곧 죽을 거야! 경찰서에서 나를 파견하지도 않겠지만, 어쨌든 자네를 배웅하지는 않을 거야. 결코! 자네가 어떤 존잰지 아나? 곰팡이 같은 존재야."

변호사는 무표정한 눈으로 니키포르이치를 쳐다보며 일그러진 미소를 지었다.

"난 필요 없으니 오지 마시오……."

"안 가. 자네 혼자 쓸쓸히 무덤에 갈 거야."

"그래서 뭐? 그렇게 하지."

"그래 혼자 가. 자네가 어떤 존잰지 알아? 노인네는 당신들에게는 어머니 같은 존재였어……. 그녀는 따뜻한 마음을 갖고 있었어. 알겠어?"

내렸던 눈은 녹았고 새 눈이 내렸다.

아쿨리나 할머니의 관 위로 굵고 묵직하고 촉촉한 눈송이가 내렸다. 평범한 소나무 관은 그 위에 쌓인 눈이 녹아 촉촉이 젖어 있었다.

그렇게 도둑, 거지, 자드나야 모크라야 거리의 박애가였던 아쿨리나 할머니를 매장했다.

지난해 .

옛이야기

지난해는 자신의 생애 마지막 날, 영원으로 돌아가기 전에 후계자들을 위한 성대한 모임을 열었다. 그는 모든 인간적 특성을 불러 모아 운명적인 죽음의 순간이자 새로운 해가 탄생하는 순간인 밤 열두 시까지 대화를 나눴다.

그렇게 어제저녁 이상하면서도 불확실한 존재들이 지난해를 방문했다. 그들의 이름과 형태는 알려져 있으나, 그 본질 및 사람을 위해 어떤 의미가 있는지 우리는 아직 분명하게 알지 못한다.

제일 먼저 위선이 겸손의 손을 잡고 도착했다. 그 뒤를 이어 우둔의 정중한 보호를 받으면서 야심이 당당하게 등장했다. 이들의 뒤를 이어 의젓하지만 기력이 쇠한 거대한 인물 이성이 천천히 들어왔다. 그의 그윽하면서 꿰뚫어 보는 듯한 눈에는 도도함이 엿보였지만 자신의 무기력함에 대한 슬픔이 배어 있었다.

그의 뒤를 이어 사랑이 도착했다. 반나체의 매우 야성적인 여성으로 감수성은 풍부하지만 번득이는 사고의 불꽃은 전혀 타오르지 않는 눈의 소유자였다.

그녀의 뒤를 이어 사치가 도착해 조롱하듯이 말했다.

"오, 사랑! 멋지게 차려입었네! 그런 옷이 인생에서의 네 역할에 어울린다고 생각해?"

"이런!" 공상이 소리쳤다. "사랑한테 뭘 원하시는 거죠, 마담? 당신은 언제나 그랬듯이 여전히 낭만주의자이시네요. 간단하면 할수록 더 분명하고 좋습니다. 내가 사랑에게서 공상가들이 포장했던 판타지의 허울을 벗겨버릴 수 있어서 아주 기쁩니다. 우리는 지상에 살고 있습니다. 그런데 지상은 경직되어 있고 그 위의 사물은 타락했습니다. 그리고 하늘은 너무 높아서 하늘과 지상은 결코 만날 수 없을 겁니다! 그렇지 않나요?"

그러나 정작 사랑은 침묵을 지켰다. 그녀의 혀는 이미 오래전부터 움직이지 않았다. 예전의 열정적인 말도 사라진 지 오래였고 욕망은 추해졌으며 뜨거운 피는 식어버렸다.

믿음도 모습을 드러냈다. 이리저리 깨지고 완전히 망가진 모습이었다. 그녀는 이성에게 격렬한 증오의 눈길을 던진 뒤 슬그머니 그의 시야에서 벗어나 지난해를 찾아온 손님들 사이로 사라졌다.

그녀의 뒤를 이어 희망이 섬광처럼 잠시 모습을 드러내더니 어딘가로 사라졌다.

그때 현명이 등장했다. 그녀는 인공 돌이 박힌 밝고 가벼운 천으로 된 옷을 입고 있었다. 옷이 얼마나 밝게 빛나는지 그녀 자신은 우중충하고 슬퍼 보이기까지 했다.

드디어 권태가 도착했다. 모두들 정중하게 그에게 인사했는데 그가 시간의 총애를 받기 때문이었다.

마지막으로 진리가 나타났다. 학대받고 겁먹은 그녀는 언제나처럼 아프고 슬퍼보였다. 그녀는 누구도 눈치채지 못하게 아주 조용히 구석으로 가더니 그곳에 외로이 앉아 있었다.

지난해가 방에서 나와 손님들을 둘러보며 악마 메피스토처럼 차가운 미소를 지었다.

"안녕하십니까, 작별 인사를 하겠습니다!" 지난해가 말했다. "운명이 정해준 날에 나는 죽습니다. 죽는다는 그 사실이 아주 기쁩니다. 하루만 더 살았더라도 빛바랜 삶의 슬픔을 견딜 수 없었을 겁니다. 여러분과 같이 일하면서 영원히 사는 것은 지루한 일입니다! 일 년 전 내 생일에는 여러분 모두가 더 강하고 생기발랄하고 완벽했는데 유감입니다. 나는 진심으로 여러분을 동정합니다. 여러분은 모두 사람들에게 치여 무덤덤하고 진부하고 소심해졌습니다. 이제 여러분의 기형적 모습은 서로 아주 비슷해졌습니다. 여러분 모두가 인간의 특성인가요? 여러분은 힘도, 생기도,

열정도 없습니다! 나는 여러분과 사람들을 동정하는 바입니다."

지난해는 냉소적으로 웃더니 또 다시 손님들을 둘러본 후 믿음에게 물었다.

"믿음이여! 사람들로 하여금 위대한 일과 고무된 인생을 살도록 만드는 당신의 힘은 어디에 있습니까?"

"그가 내 것을 빼앗아갔습니다!" 이성을 가리키며 믿음이 씁쓸하게 말했다.

"사람들이 내 위력을 확신하지 않을 때까지만 그렇지요. 믿음과의 투쟁에 난 너무 많은 힘을 써버렸습니다!" 이성은 화가 나서 소리쳤다.

"싸우지 마십시오, 불행한 이들이여!" 죽어가는 지난해는 다시 침착한 미소를 짓고 잠시 침묵한 뒤 덧붙여서 말했다. "여러분 모두가 지나칠 정도로 창백하고 쇠약해졌습니다. 인간으로 태어나 오랜 세월 동안 매일같이 여러분을 상대한다는 것은 역겨운 일인 듯합니다. 거기 옳다고 고개를 끄덕이는 분은 누굽니까? 아, 당신, 진리군요! 당신은 여전히…… 사람들의 총애를 받지 못하지요……. 어쩌겠습니까? 자, 동료 여러분, 작별 인사를 나눕시다. 여러분에게 더 이상 해줄 이야기가 없군요……. 그런데…… 혹시 참석하지 않은 자가 있나요? 그래요? 독창성은 어디에 있습니까?"

"그녀는 오래전부터 지상에 존재하지 않았습니다." 진리가 소심하게 대답했다.

"가엾은 지상이군!" 지난해가 안타까워했다. "지상은 얼마나 지루할까! 생각, 감정, 행동의 독창성을 상실했다면 사람들은 이미 볼품없고 진부해졌을 텐데."

"그들은 예전에는 아름다웠으나 이제는 불구가 된 자신의 모습을 조금이나마 감출 수 있는 치장조차도 할 줄 모릅니다." 진리가 차분하게 하소연했다.

"어찌 된 일인가?" 지난해가 생각에 잠겨 물었다.

"그들은 희망을 상실했고 이제는 육욕에만 빠져 살고 있습니다." 진리가 설명했다.

"그들도 죽어가고 있단 말이오?" 지난해가 놀라서 물었다.

"아닙니다." 진리가 말했다. "그들은 아직 살아 있습니다. 그러나 어떻게 살고 있는지 아십니까? 대부분의 사람들은 습관적으로, 몇몇은 호기심에 살고 있지만, 모두들 왜 사는지는 모르고 있습니다."

지난해는 냉소적으로 웃기 시작했다.

"시간이 됐습니다! 아직 일 분이 남았군요. 곧 삶에서 자유로워지는 시간이 됩니다. 떠나면서 긴 말은 하지 않겠습니다……. 살면서 내가 느낀 것은 인생이 매우 우울하다는 것입니다. 마지막으로 작별 인사를 합시다. 불사의 몸이라 쉬지도 못하는 여러분을 동정하는 바입니다. 시간의 아들이라서 마음의 동요를 느끼지는 못하지만, 그래도 여러분과 사람들이 안됐다고 생각합니다. 첫 번째 시계 종소리! 두 번째……."

무슨 일이지?

두 번째 이후 시계 종소리가 멈춰버렸다.

모두들 놀라서 시계를 바라봤다. 이상한 것이 보였다.

머리와 다리에 날개가 달린 누군가가 시계 옆에 서 있었다. 그는 그리스 신화에 나오는 신처럼 멋졌는데 손으로 시계 초침을 잡고 죽어가는 지난해의 눈을 똑바로 바라보고 있었다.

"나는 머큐리고 영원의 특사로 이곳에 왔다." 머큐리가 말했다.

"영원이 말씀하셨다. '낡아 빠진 사람들에게 왜 새로운 해가 필요하지? 새로운 사람들이 생겨날 때까지 새로운 해는 없다고 전해라. 기존에 있던 지난해가 그들과 함께 있을 것이다. 수의를 벗고 젊은이의 옷으로 갈아입고 그가 같이 있을 것이다.'"

"그건 고문입니다!" 지난해가 말했다.

"당신은 남아야 합니다." 머큐리는 단호하게 말했다.

"사람들이 자신의 생각과 감정을 쇄신하지 않는 한 당신은 그들과 함께 남아 있어야 합니다! 영원이 그렇게 말씀하셨습니다, 계속 살라고!"

그리고 머큐리는 사라졌다. 영원의 특사가······. 머큐리가 사라지자 놀라서 멍해 있는 분위기 속에 나머지 열 번의 시계 종소리가 울려 퍼졌다.

장엄하게 죽어가던 지난해는 주름진 얼굴에 애처로운 미소를 짓고 있는 권태와 다시 함께 살게 되었다.

지난해의 손님들은 슬픔에 잠겨 조용히 흩어졌다.

자리를 뜨면서 희망은 침묵을 지켰다. 위선은 슬픔에 찬 얼굴로 공상과 이야기를 나눴다. 이성과 인내에 대해, 권태가 머큐리의 말을 듣지 않고 반발할까봐 걱정했다는 내용이었다.

마침내 모두들 흩어졌다.

이미 새로운 해의 옷으로 갈아입은 지난해만이 홀로 남았다. 그리고 진리가 남았는데 그녀는 언제 어디서나 영원한 꼴찌였다!

시간 .

1

똑딱, 똑딱!

고요하고 적막한 밤에 무정한 시계추 소리를 듣는 것은 소름 끼치는 일이다. 그 소리는 천편일률적이고 수학적으로 계산되어 언제나 똑같은 것, 부단한 삶의 여정을 나타낸다. 어둠과 잠이 지상을 감싸고, 모두들 침묵에 빠져 있는 시간, 시계만이 냉철하고 크게 시간의 흐름을 알려주고 있다……. 추의 움직임과 더불어 우리에게 주어진 삶의 시간은 점점 줄어들고, 흘러간 순간은 다시는 되돌아오지 않는다. 시간은 어디서 나타나, 어디로 사라지는 걸까? 그 누구도 이 질문에 답하지 못할 것이다……. 답할 수 없는 많은 질문들이 여전히 미해결 상태로 남아 있고, 중요한 다른 문제들도 그 해결 여부에 따라 우리의 행복을 좌우한다. 살 가치가 있다고 인식하기 위해서는 어떻게 살아야 하는가? 희망과 신념을 잃지 않으려면 어떻게 살아야 하는가? 단 한순간도 마음과 이성을 동요시키지 않기 위해서는 어떻게 살아야 하는가? 끝없이 움직이는 시간이 언젠가 이 모든 질문에 답을 해줄 것인가? 과연 시간은 뭐라고 답할 것인가?

2

똑딱, 똑딱!

이 세상에 시간보다 더 무정한 것은 없다. 당신이 태어난 순간에도, 당신이 젊은 시절의 환상을 무참히 짓밟아버린 때에도 시간은 한결같이 정상적으로 움직인다. 태어난 순간부터 인간은 매일 죽음에 다가서고 있다. 당신이 임종의 고통 속에서 허덕일 때도 시간은 냉정히 차분하게 자신의 시간을 잴 것이다. 귀 기울여 들어봐라. 냉정한 시간의 운행 속에는 세상사 모든 것을 알고 있고 그 때문에 지친 듯한 소리가 들린다. 그 어느 것도, 그 어느 순간도 시간에게 소중하지 않으며 그를 흥분시키지도 못한다. 시간은 냉혹하다. 우리가 살기를 원한다면 이처럼 지루하고, 단조롭고,

슬픔으로 영혼을 죽이며 비난하듯 차갑게 울려 퍼지는 시간을 대체할 수 있는 감정과 사고, 행동으로 가득한 다른 시간을 만들어야 한다.

3

똑딱, 똑딱!

한결같이 질주하는 시간 속에 부동 지점은 없다. 우리가 현재라고 부르는 것은 무엇인가? 방금 생긴 일 초의 뒤를 이어 또 다른 일 초가 생기며, 후자는 전자를 알 수 없는 심연 속으로 밀쳐버린다…….

똑딱! 여러분은 행복하다. 똑딱! 고통스런 슬픔이 여러분 마음을 가득 채운다. 삶의 매 순간을 무언가 새롭고 살아 있는 것으로 채우지 않는 한 그 고통은 평생 동안, 당신에게 주어진 삶의 시간 내내 당신과 함께할 것이다. 고통은 유혹적이면서도 위험한 특권이다. 그 특권 의식에 빠지면 일반적으로 우리는 더 이상 다른 것, 인간이라는 호칭에 걸맞은 더 높은 권리를 추구하지 않는다. 그러나 너무 흔해지고 값싸지자 이제 사람들은 고통에 아무런 관심도 기울이지 않는다. 그렇다면 고통을 소중히 여길 필요가 있을까? 더 독창적이고 가치 있는 다른 것으로 자신을 채울 필요는 없을까? 고통은 무가치한 자산이다. 그 누구도 삶에 대해 불평해선 안 된다. 인간이 무엇을 찾는가에 따라 위로의 말은 달라진다. 삶을 방해하는 것과 투쟁할 때 인간의 삶은 한결 알차고 신명 날 것이다. 그러면 어느새 우울하고 지루한 시간이 슬그머니 투쟁의 삶 속에 들어와 있을 것이다.

4

똑딱! 똑딱!

인간의 삶은 아주 짧다. 어떻게 살 것인가? 어떤 이들은 계속해서 삶을 회피하고, 어떤 이들은 삶에 전 인생을 바친다. 첫 번째 부류는 인생 황혼기에 영혼과 회상거리가 빈곤할 것이고, 두 번째 사람들은 영혼과 회상거리가 풍요로울 것이다. 첫 번째 부류의 사람들도, 두 번째 부류의 사람들도 모두 죽을 것이다. 아무런 사심 없이 자신의 이성과 열정을 삶에 바치지 않는다면 그들에게는 아무것도 남지 않을 것이다……. 당신이 죽을 때도 시간은 냉정하게 당신의 임종 시간을 계산할 것이다. 똑딱! 일 분 일 초마다 새로운 사람들이 태어날 것이고, 당신은 이미 존재하지 않을 것이다! 역겨운 냄새가 나는 당신의 육신 외에 당신의 인생에서는 아무것도 남지 않을 것이다. 생명을 줬다가 빼앗는 시간의 기계적인 창조 활동에 당신은 자존심이 상하지 않는가? 당신이 자존심이 있고 비밀스런 시간의 과제에 복종하는 것에 모욕을 느낀다면 삶 속에 자신에 대한 기억을 분명히 각인시켜야 한다. 삶에서 당신의 역할을 생각해보자. 하나의 벽돌이 만들어진 뒤 건물의 부속품이 되어 가만히 놓여 있다 부서져 사라졌다고……. 벽돌이 되는 것은 지루하지 않겠는가? 당신에게 이성과 영혼이 있고, 삶에서 감성과 사고로 가득한 훌륭한 격동적인 시간을 경험하기를 원한다면 벽돌이 되지는 말자.

5

똑딱! 똑딱!

만일 당신이 지금 영원한 시간의 움직임 속에 빠져 허우적거리고 있다고 생각한다면 당신은 자신이 보잘것없다는 패배 의식에 지배당한 것이다. 그것은 당신에게 모욕감을 줄 것이다! 더불어 그것은 당신의 자존심을 일깨울 것이다. 당신은 자신을 파괴하는 삶에 대해 적의를 느끼고 투쟁을 선포해야 한다. 무엇을 위해서?

네발로 걸어 다니는 인간의 능력을 빼앗는 순간 자연은 인간에게 의지할 수 있는 지지대로 이상을 선물했다. 그 순간부터 인간은 무의식적이고 본능적으로 더 멋진 것, 더 높은 것을 추구하고 있다. 당신은 그 열망을 의식적으로 만들고, 더 멋진 것에 대한 의식적인 노력 속에서만 진정한 행복이 가능하다는 것을 사람들에게 일깨워야 한다. 당신은 무기력을 불평해선 안 된다. 그 어떤 것도 불평해선 안 된다. 당신의 불평이 자신에게 가져오는 것은 마음이 가난한 자들의 동정과 연민일 뿐이다. 모든 사람은 똑같이 불행하다. 그러나 가장 불행한 사람은 자신의 불행으로 자신을 치장하려는 자다. 다른 누구보다 더 그들은 관심의 초점이 되고자 하지만, 그만한 값어치가 없는 자들이다. 앞으로 나아가려는 열정—이것이 바로 삶의 목적이다. 삶이 열정적이 되도록 하자. 그러면 그 삶에서 멋진 시간이 펼쳐질 것이다.

6

똑딱! 똑딱!

'길은 막혀 있고 주위는 어둠으로 가득 차 있는 인간에게 무엇을 위해 빛이 주어졌습니까?' 이것은 늙은 욥이 신에게 질문한 내

용이다. 자신이 신의 자식이고 신의 형상을 따라 그와 비슷하게 창조되었다는 사실을 알고 있으면서 신에게 그런 질문을 할 수 있는 욥처럼 용감한 사람은 이제 존재하지 않는다. 오늘날의 사람들은 자신을 과소평가한다. 그리고 삶에 대한 애착도 없고, 자기 자신조차도 제대로 사랑할 줄 모른다. 또한 그 누구도 피할 수 없다는 걸 알면서도 죽음을 두려워한다. 죽음의 불가피성은 자연의 법칙이다. 지상에 태어난 순간부터 인간은 죽음을 향해 나아가고 있다는 사실을 받아들여야 한다. 이미 행한 위업의 인식은 죽음의 공포를 없애고, 정직하게 살아온 삶의 여정은 평안한 죽음을 보장할 것이다. 똑딱……. 그리고 인간이 행한 일들만이 그의 발자취로 남을 것이다. 인간을 위한 시간은 그의 열망들과 함께 멈출 것이고, 다른 시간, 그의 삶을 평가하는 준엄한 시간이 도래할 것이다.

7

똑딱! 똑딱!

본질적으로, 모두들 그저 모순, 거짓말, 적의로 가득한 이 혼란한 세상에 만족하며 살고 있다. 사람들이 서로를 헤아리고, 각자가 벗을 갖고 있었다면 삶은 훨씬 더 소박했을 것이다.

　아무리 위대한 사람이라도 혼자서는 보잘것없다. 서로를 이해해야 한다. 우리는 모두 생각한 것보다 더 부정적으로 나쁘게 말하는 경향이 있다. 다른 사람에게서 자신의 마음을 열어 보이기 위해서는 많은 말이 필요하지 않다. 세상에는 수많은 위대한 생각들이 탄생하지만 흔적도 없이 사라져버린다. 안타깝게도 그 위대한 생각을 구현하는 말은 제때 만들어지지 않는다. 생각이 탄생하고, 그것을 분명하고 확실한 말로 구체화하려는 진정한 열망은 있지만…… 그 말은 존재하지 않는다.

　생각에 더 많은 관심을 기울이자! 당신은 생각의 탄생을 도와야 한다. 생각은 언제나 당신의 노력에 보답할 것이다. 생각은 도처에, 어느 곳이건 존재한다. 마음만 먹으면 당신은 돌덩어리 틈새에서도 생각을 발견할 수 있을 것이다. 마음만 먹으면 사람들은 모든 것을 얻을 수 있을 것이다. 마음만 먹으면 그들은 지금처럼 삶의 노예가 아닌, 삶의 주인이 될 것이다. 살고자 하는 열망과 자신의 힘에 대한 도도한 인식만 있으면 된다. 그러면 삶 전체는 영혼의 힘으로 가득 차고, 위업의 고결함으로 깊은 감동을 주는 멋진 시간, 위대한 시간이 될 것이다.

똑딱! 똑딱!

진실, 정의, 아름다움에 봉사하는 강인한 영혼의 용감한 사람들 만세! 우리는 그들을 알지 못한다. 왜냐하면 그들은 도도하고 보상을 요구하지 않기 때문이다. 우리는 그들이 얼마나 가슴 설레면서 마음을 불태우는지 보지 못한다. 찬란한 빛으로 삶을 밝히면서 그들은 맹인조차 눈뜨게 만든다. 수많은 맹인을 눈뜨게 해야 한다. 모든 사람들이 공포와 혐오감을 갖고 자신의 삶이 얼마나 조잡하고 부조리하고 꼴불견인지 직시하도록 해야 한다. 자신의 열망을 소유한 인간 만세! 전 세계는 그의 가슴속에 있다. 세상의 온갖 아픔과 사람들의 모든 고통은 그의 영혼 속에 있다. 삶의 적의와 더러움, 삶의 거짓과 가혹함은 그의 적들이다. 그는 자신의 전 생애를 투쟁을 위해 아낌없이 바친다. 그의 삶은 격정적인 기쁨과 아름다운 분노, 도도한 고집으로 가득 차 있다. 자신을 불쌍히 여기지 말자. 이것이 지상에서 가장 도도하면서도 아름다운 용기이다. 자신을 불쌍히 여기지 않는 인간 만세! 썩는 것과 불타는 것, 단 두 가지의 삶의 자세만이 존재한다. 겁쟁이와 욕심쟁이는 첫 번째를 선택하고, 용감한 자와 대범한 자는 두 번째를 선택할 것이다. 아름다움을 사랑하는 자가 있는 곳에 위대함이 존재한다.

우리의 삶은 공허하고 지루하다. 자신을 불쌍히 여기지 않으면서 그 시간을 아름다운 위업으로 가득 채우자. 그때 우리는 기쁜 설렘과 강렬한 도도함으로 가득한 아름다운 시간을 만나게 될 것이다! 자신을 불쌍히 여길 줄 모르는 인간 만세!

이제르길 노파

1

아케르만 근처 베사라비야의 바닷가에서 나는 이 이야기를 들었다.

어느 날 저녁 포도 수확을 마친 뒤 나와 같이 일하는 몰다비아 동료들이 바닷가로 몰려갔다. 나와 이제르길 노파는 울창한 포도나무 그늘 밑에 누워 바다로 가고 있는 그들의 실루엣이 검푸른 어둠 속으로 사라지는 것을 말없이 바라보고 있었다.

그들은 노래를 부르며 웃으면서 걸어갔다. 구릿빛 피부의 남자들은 덥수룩한 검은 콧수염과 어깨까지 내려오는 치렁치렁한 곱슬머리에 짧은 재킷과 넓은 바지를 입고 있었다. 역시 구릿빛 피부에 검푸른 눈을 한 여자들과 아가씨들은 생기발랄하고 나긋나

굿했다. 비단처럼 부드럽고 검은 그들의 머리칼은 바람에 흐트러져 있었다. 따뜻하고 가벼운 바람은 그들의 머리를 흐트러뜨리면서 머리에 매단 동전을 짤그랑대게 했다. 광활하고 잔잔한 파도처럼 바람이 불었다. 가끔 눈에 보이지 않는 무언가를 뛰어넘는 듯 돌풍이 일었고 여자들의 머리칼은 환상 속의 말갈기처럼 휘날렸다. 그들은 마치 신기한 옛이야기 속 주인공 같았다. 그들은 우리에게서 점점 더 멀어져갔고, 밤과 몽환적인 공상이 그들을 더욱 아름답게 만들었다.

누군가 바이올린을 연주했다……. 한 아가씨가 부드러운 저음으로 노래를 불렀고, 웃음소리가 들려왔다…….

공기는 진한 바다 냄새와 저녁 직전 내린 비에 흠뻑 젖은 땅에서 피어오르는 수증기로 가득 차 있었다. 하늘에는 여전히 이상한 모양과 색깔의 구름 조각들이 떠다녔다. 여기는 연기처럼 부드러운 회청색과 담청색의 구름, 저기는 바위 조각처럼 날카로운 광택 없는 검은색이나 갈색의 구름이 떠다녔다. 그 사이로 황금빛 별들이 점점이 박혀 있는 검푸른 하늘이 아름답게 빛나고 있었다. 소리와 냄새, 구름과 사람들, 이 모든 것은 너무도 아름답고 애처로워서 기이한 옛이야기가 시작되는 것 같았다. 그리고 모든 것은 성장을 멈추고 소멸하는 것 같았다. 시끌벅적한 목소리는 멀리 사라지면서 애틋한 탄식으로 바뀌었다.

"자네 왜 그들과 함께 가지 않았나?" 이제르길 노파가 머리를 끄덕인 후 물었다.

세월은 그녀를 꼬부랑 노파로 만들었고, 한때 생기 있던 검은 눈은 흐릿해지고 눈물이 흘렀다. 그녀의 메마른 목소리는 이상했다. 마치 뼈마디가 이야기하듯 부서지는 소리를 냈다.

"가고 싶지 않아서요." 내가 대답했다.

"흠! 자네 러시아 사람들은 애늙은이로 태어나나보네. 모두들 악마처럼 음침해……. 우리 아가씨들이 자넬 두려워하고 있어……. 자넨 아주 젊고 강인한데……."

달이 떠올랐다. 둥근 달은 핏빛처럼 붉고 거대했다. 아주 오랫동안 인간의 육신과 피를 빨아먹어 그토록 비옥하고 윤택해진 스텝의 땅속에서 솟아오른 것 같았다. 우리 위로 그물 모양의 나뭇가지 그늘이 드리워졌고, 나와 이제르길 노파는 그 그늘에 뒤덮여 있었다. 우리의 왼편 스텝을 따라 푸른 달의 광채를 머금은 구름 그림자들이 떠다녔는데 점점 더 투명해지고 밝아졌다.

"봐, 저기 라라가 오고 있군!"

나는 노파가 손가락이 굽은 손을 떨면서 가리키는 곳을 바라봤다. 거기 많은 그림자들이 떠다녔다. 그중 더 검고 짙은 한 그림자가 다른 것보다 빠르고 낮게 떠다니고 있었다. 다른 것보다 땅 가까이 떠다니는 구름 조각에서 떨어져 나온 것이었다.

"저긴 아무도 없는데요!" 내가 말했다.

"자넨 늙은이인 나보다 눈이 나쁘군. 봐, 저기 검은 구름이 스텝 위를 달리고 있잖아!"

다시 쳐다봤지만 그림자 외에는 아무것도 보이지 않았다.

"저건 그림잔데요! 왜 저걸 라라라고 부르죠?"

"그게 바로 라라거든. 그는 이제 그림자처럼 되어버렸어. 그럴 때가 됐지! 수천 년을 살았으니 태양이 그의 살과 피, 뼈를 말려 버렸고 바람은 그걸 흩날려버렸지. 이것이 바로 신이 오만불손한 인간에게 가한 징벌이야!"

"어떻게 된 일인지 이야기해줘요!" 스텝에서 만들어진 멋진 이야기를 기대하며 나는 이제르길 노파에게 부탁했다.

그녀는 이야기를 시작했다.

이 일은 수천 년 전에 일어났다. 바다 저편 멀리 태양이 떠오르는 곳에 큰 강이 있는 나라가 있었다. 그 나라의 나뭇잎과 풀줄기는 지독히도 뜨거운 태양을 피할 수 있도록 인간에게 충분한 그늘을 제공했다.

아주 풍요로운 땅이었다.

그곳에 한 용감한 부족이 살고 있었다. 그들은 가축을 방목했고 짐승을 사냥하며 자신의 힘과 용맹을 발휘했다. 사냥 후에는 잔치를 벌어 술을 먹고 노래하고 아가씨들과 어울려 놀았다.

어느 날 잔치 중에 독수리가 하늘에서 내려와 밤처럼 검고 부드러운 머리의 아가씨를 낚아채갔다. 남자들이 쏜 화살들은 맥없이 땅 위로 떨어졌다. 부족 사람들이 아가씨를 찾으러 나섰으나 발견할 수 없었다. 그리고 지상의 모든 것이 잊히듯 사람들은 그녀에 대해서도 잊어버렸다.

이제르길 노파는 한숨을 쉰 후 잠시 입을 다물었다. 그녀의 가슴속에 회상의 그림자로 남아 있는 잊힌 모든 시간이 한탄하는 듯, 그녀의 목소리는 거칠었다. 바다는 어쩌면 그 해안가에서 만들어졌을지도 모르는 오래된 전설의 서두에 잔잔히 맞장구쳤다.

그런데 이십 년이 지나 그 아가씨가 피로에 지친 여읜 모습으로 다시 나타났다. 그녀 옆에는 이십 년 전 그녀의 모습처럼 아름답고 건강한 젊은이가 있었다. 어디에 있었는지 묻자 그녀는 대답했다. 독수리가 그녀를 산 위로 데려갔고 그곳에서 그와 부부처럼 살았다. 여기 이 젊은이가 그의 아들이고, 아버지는 이미 이 세상에 없다. 쇠약해진 독수리는 마지막으로 하늘 높이 비행한 뒤 날개를 접은 채 뾰족한 산봉우리에 떨어져 죽었다……

모두들 놀라서 독수리의 아들을 쳐다봤다. 그들은 새의 왕처럼 차갑고 오만한 눈 말고 그가 자신들보다 더 나은 점은 없다는 걸 느꼈다. 그런데 사람들이 그와 이야기를 나눴을 때 그는 마음이 내킬 때만 대답했고 아예 침묵을 지키기도 했다. 종족의 최연장자들이 와서 그와 이야기를 나눌 때도 그는 마치 자기 동년배처럼 그들을 대했다. 그들은 모욕감을 느꼈다. 그들은 아직 마무리 장식을 마치지 못한, 깃털을 달지 않은 화살이라 그를 칭하면서, 그보다 나이가 훨씬 많은 사람들도 자신들을 공경하고 복종한다고 말해줬다. 그러나 그는 당돌하게 그들을 쳐다보며 자신 같은 사람은 나밖에 없다고 대답했다. 모두가 그들을 공경할지라도 자신은 그렇게 하고 싶지 않다고 말했다. 오! 결국 그들은 격노해서 말했다.

"우리에게 너 같은 놈은 필요 없다! 마음대로 떠나거라."

그는 미소를 지으며 자신이 원하는 곳으로 걸어갔다. 물끄러미 그를 바라보고 있던 아름다운 아가씨에게 다가간 뒤 그녀를 껴안은 것이었다. 그녀는 그를 질책한 연장자들 중 한 사람의 딸이었다. 비록 그가 아름다웠지만, 아버지가 두려운 그녀는 그를 밀쳐내고 멀리 떨어졌다. 그러자 그가 그녀를 때렸다. 그녀가 쓰러졌고, 그는 쓰러진 그녀의 가슴을 발로 짓밟았다. 그녀의 입에서 피가 터져 나와 공중에 흩뿌려졌다. 아가씨는 헉헉대면서 뱀처럼 몸을 비비 꼬더니 이내 죽고 말았다.

이 장면을 본 모든 사람들이 공포로 얼어붙었다. 그들 눈앞에서 여인이 살해된 것은 처음 있는 일이었다. 눈을 뜬 채 피투성이 얼굴을 하고 누워 있는 그녀와 그 옆에 서 있는 그를 바라보면서 모두들 한참 동안 입을 열지 못했다. 마을 사람들과 대립해서 그녀 옆에 혼자 서 있는 그는 오만불손했고 도전할 테면 해보라는 양 고개를 숙이지도 않았다. 사람들은 그를 붙잡아 결박했다가 놓아주기로 생각을 바꿨다. 당장 그를 죽이는 것은 너무 간단했고 그 죄과에 걸맞지 않았다.

밤이 다가와 깊어지더니 이상하고 조용한 소리가 주위를 가득 채웠다. 스텝에서는 들다람쥐가 구슬픈 소리를 냈고 포도 잎에서는 귀뚜라미의 청량한 울음소리가 들렸다. 나뭇잎은 탄식하듯 속삭였다. 조금 전 핏빛처럼 붉었던 둥근 달은 땅에서 멀어지며 창백해졌다. 푸르스름한 안개가 스텝을 자욱이 메웠다…….

살인에 마땅한 벌을 주기 위해 사람들이 모였다……. 말에 매달아 그를 능지처참하자는 의견이 있었으나 그 죄에 비하면 너무 약소했다. 종족 전체가 화살을 쏴 죽이자는 의견도 나왔지만 받아들여지지 않았다. 화형을 시키자는 이야기도 있었지만 모닥불 연기 때문에 고통스러워하는 그의 모습을 볼 수 없기 때문에 그 방법도 채택되지 않았다. 기타 등등 다양한 의견이 나왔지만 모두를 만족시킬 수 있는 것은 없었다. 그의 어머니는 용서의 눈물도, 용서의 말도 찾지 못한 채 조용히 그들 앞에 무릎을 꿇고 있었다. 그들은 오랫동안 상의했다. 마침내 한 현자가 심사숙고한 후에 말했다.

"그가 왜 살인을 했는지 물어보면 어떻겠습니까?"

질문을 던졌더니 그가 말했다.

"풀어라! 결박당한 채로는 이야기하지 않을 것이다!"

결박이 풀린 뒤 그가 물었다.

"뭐가 궁금한가?" 마치 그들이 노예인 듯 그가 물었다.

"자네도 이미 들었을 텐데……." 현자가 말했다.

"왜 내 행동을 당신들에게 해명해야 하는가?"

"우리가 이해하기 위해서지. 오만불손한 자여, 잘 들어라! 어찌됐건 자넨 죽을 거네……. 자네가 한 행동을 우리에게 이해시켜보게. 우리는 앞으로도 살아야 하고 많은 지식은 사는 데 도움이 되겠지……."

"알았다. 나도 잘 이해는 안 되지만 이야기해보겠다. 내가 그녀를 죽인 것은 아마도 그녀가 나를 밀쳤기 때문인 것 같다……. 나는 그녀가 필요했다."

"그러나 그녀는 자네의 소유물이 아냐!" 그에게 말했다.

"당신들은 당신들 것만 소유하는가? 모든 사람이 언어, 팔, 다리를 갖고 있다……. 그리고 가축과 여자들, 땅, 기타 등등 많은 것을 소유하고 있다……."

인간이 갖고 있는 모든 것에 대해서는 스스로 대가를 지불해야 한다고 설명했다. 자신의 이성, 힘, 때로는 목숨으로. 하지만 그는 자신이 모든 것을 갖기를 원한다고 대답했다.

사람들은 오랫동안 그와 이야기를 나눴다. 마침내 그들은 그가 자신을 최고라고 여기며 자신 외에는 아무것도 생각하지 않는다는 결론에 도달했다. 그가 짊어질 고독이라는 운명이 어떤 것인지를 이해했을 때 모두들 두려움에 떨기조차 했다. 그에게는 종족도, 어머니도, 가축도, 아내도 없었고, 스스로 아무것도 원치 않았다.

이 사실을 알았을 때 사람들은 그를 어떻게 응징할 것인지 다시 논의하기 시작했다. 그런데 얼마 지나지 않아 사람들의 논의를 지켜보던 현자가 말을 꺼냈다.

"잠깐만! 이제 벌을 내립시다. 이것은 지독한 형벌입니다. 천년이라는 긴 시간이 흘러도 여러분들은 생각하지도 못했을 그런 겁니다! 그에게 내릴 형벌은 바로 그 자신에게 있습니다! 그를 풀어줘서 자유롭게 내버려둡시다. 이것이 바로 그의 형벌입니다!"

그리고 이때 엄청난 일이 벌어졌다. 먹구름이 없는데도 불구하고 하늘에서 천둥소리가 울려 퍼졌다. 이렇게 하늘은 현자의 말에 힘을 실어줬다. 모두들 작별 인사를 하고 흩어졌다. 이제 젊은이는 세상에서 버림받은, 배척당한 사람이라는 의미의 라라라는 이름을 얻었다. 그는 자신을 버린 사람들 등 뒤에다 대고 크게 웃음을 터트렸다. 혼자 남은 그는 자신의 아버지처럼 자유로웠다. 그러나 그의 아버지는 인간이 아니었다……. 반면 그는 인간이었다. 그렇게 그는 새처럼 자유롭게 살기 시작했다. 종족에게 다가와 가축과 아가씨를 훔치는 등 하고 싶은 대로 했다. 그를 향해 화살을 날렸지만, 최고의 징벌인 보이지 않는 보호막으로 둘러싸인 그의 몸을 관통할 수는 없었다. 그는 날렵하고 탐욕스러웠고 힘이 세고 잔인했다. 사람들과 직접 마주치지는 않았기에 단지 멀리서만 그의 모습을 볼 수 있었다. 그리고 고독한 그는 오랫동안, 수십 년 동안 그렇게 사람들 주위를 맴돌았다. 그러던 어느 날 그가 사람들 가까이 다가왔다. 사람들이 덤벼들었는데도 그는 그 자리에서 꼼짝도 하지 않은 채 전혀 방어할 기세가 아니었다. 그때 누군가가 사태를 파악하고는 크게 소리쳤다.

"그를 건드리지 마시오! 그가 죽기를 원합니다!"

모두들 동작을 멈췄다. 자신들에게 악을 행한 자의 운명을 완화시켜 그가 죽을 수 있도록 돕고 싶지는 않았다. 모두들 가만히 서서 그를 비웃었다. 비웃음 소리를 들은 그는 몸을 부르르 떨더니 손으로 가슴을 잡은 채 그 속에서 무언가를 찾기 시작했다. 그리고 돌을 던지면서 갑자기 사람들 사이로 뛰어들었다. 그러나 그들은 그를 피하기만 할뿐 그 누구도 반격하지 않았다. 마침내 제풀에 지친 그가 애처로운 소리를 지르며 땅에 엎어졌을 때도 멀찍이 떨어져서 그를 지켜볼 뿐이었다. 다시 일어난 그는 누군가 그와 싸우면서 떨어뜨린 칼을 잡더니 자기 가슴을 찔렀다. 그러나 마치 돌을 친 것처럼 칼이 부러졌다. 그는 다시 땅에 엎어져 한참 동안 땅에다 머리를 박았다. 그러나 땅도 그를 피하듯 그가 머리를 박을 때마다 움푹 들어갈 뿐이었다.

"그는 죽지 못한다!" 사람들은 기쁨에 차서 소리쳤다.

그들은 그를 내버려둔 채 흩어졌다. 그는 얼굴을 위로 향하고 누워 하늘을 바라봤다. 하늘 높이 검은 점처럼 용감무쌍한 독수리들이 날고 있었다. 이 세상 모든 사람을 전염시킬 수 있을 정도로 그의 눈에는 슬픔이 가득 차 있었다. 그 순간부터 그는 죽음을 기다리면서 외로이 혼자 남았다. 그리고 그렇게 온 천지를 돌아다니고 돌아다녔다……. 그는 이미 그림자처럼 되어버렸고 영원히 그런 모습일 것이다! 그는 사람들의 말과 행동을 아무것도 이해하지 못했다. 그러면서 여전히 계속 무언가를 찾아 돌아다니고 있었다……. 그는 삶이 무엇인지 몰랐다. 죽음도 그를 외면했다. 사람들 사이에서 그가 있을 자리는 없었다……. 이것이 바로 오만불손한 인간이 어떻게 파멸했는가에 대한 이야기다!

이제르길 노파는 한숨을 내쉬더니 입을 다물었다. 가슴 쪽으로 고개를 푹 숙인 그녀의 머리가 이상하게 몇 번 흔들거렸다.

나는 그녀를 바라봤다. 노파는 쏟아지는 잠을 쫓고 있는 것 같았다. 어쩐지 그녀가 너무 가여웠다. 격앙되고 위협하는 듯한 어조로 이야기를 끝냈지만 그녀의 어조에는 소심하고 좀스런 색채가 배어 있었다.

바닷가에서 들려오는 노랫소리는 특이했다. 먼저 저음의 목소리가 두세 소절을 부르고 난 뒤 두 번째 목소리가 끼어들었고, 첫 목소리는 여전히 그에 앞서 흘러나왔다⋯⋯. 세 번째, 네 번째, 다섯 번째 목소리가 같은 방법으로 노래에 끼어들었다. 그러더니 갑자기 남자들 목소리가 첫 부분부터 노래를 시작했다.

여자들 목소리는 하나하나 개별적으로 들렸는데 각각의 목소리는 마치 다양한 빛깔의 시냇물 같았다. 저 높은 산봉우리에서 굴러떨어져 통통 소리 내어 튀면서, 하늘을 향해 유창하게 울려 퍼지는 굵직한 남자들 목소리 속으로 빨려 들어가는 것 같았다. 그 속에서 빠져나온 맑고 강렬한 여자들 목소리는 남자들 목소리를 삼키면서 다시 연달아 하늘 높이 날아오르는 것 같았다.

노랫소리 때문에 파도 소리가 들리지 않았다⋯⋯.

2

"자네 저런 노래를 들어본 적이 있나?" 이제르길 노파가 머리를 들며 이가 다 빠진 합죽이 입으로 미소를 지으면서 물었다.

"아뇨, 들어본 적 없는데요……."

"앞으로도 듣지 못할 거야. 우리는 노래하는 걸 좋아해. 미녀들만이 노래를 잘하지. 미녀들이란 삶을 사랑하는 이들을 말해. 우리는 삶을 사랑한다네. 노래하는 저 사람들은 피곤하지 않겠나? 해가 뜰 때부터 질 때까지 일하고 벌써 달이 떴는데, 노래를 한다네! 삶을 즐길 줄 모르는 사람들은 잠자리에 들고 삶이 즐거운 사람들은 노래를 하지."

"그렇지만 건강이……." 내가 말을 꺼냈다.

"그렇다고 몸이 축나지는 않는다네. 건강이라! 돈이 있으면 건강을 지킬 수 있나? 건강은 중요하지. 내가 젊었을 땐 어땠는지 아나? 거의 꼼짝도 않고 해가 뜰 때부터 질 때까지 양탄자를 짰다네. 난 태양처럼 생명력이 넘쳤지만 돌처럼 움직이지 않고 하루 종일 앉아 있어야 했어. 뼈마디가 다 마비될 정도였지. 그러나 밤이 되면 사랑하는 이에게 달려가 그에게 키스를 퍼부었지. 사랑의 감정이 불타올랐던 삼 개월 동안 그렇게 매일 그에게 달려가 함께

밤을 보냈다네. 얼마나 뜨거웠는지 몰라! 얼마나 사랑했는데! 얼마나 많이 입맞춤을 했는지 몰라!"

나는 그녀의 얼굴을 바라봤다. 그녀의 검은 눈은 여전히 흐릿했다. 과거의 회상도 그 눈에 생기를 부여하진 못했다. 달빛이 그녀의 갈라진 메마른 입술, 흰 털이 난 뾰쪽한 턱, 부엉이 부리처럼 굽은 주름진 코를 비췄다. 양쪽 뺨은 시커멓게 움푹 들어갔고, 머리에 둘러쓴 붉은 수건 밑으로 삐져나온 흰 머리카락이 한쪽 뺨 위에 흩어져 있었다. 얼굴, 목, 팔에는 온통 주름이 자글자글했다. 늙은 노파가 움직일 때마다 메마른 피부가 조각조각 흩어지면서 눈앞에 흐릿한 검은 눈을 한 앙상한 해골만 남을 것 같았다.

그녀는 갈라진 목소리로 다시 이야기를 시작했다.

"난 팔치 근처 브이를라드 강가에서 엄마와 같이 살았다네. 그가 우리 마을에 나타났을 때 난 열다섯 살이었어. 키가 크고 날렵하고 검은 콧수염을 한 괄괄한 사람이었지. 배에 앉아서는 우리 집 창문에다 대고 소리쳤어. '어이, 당신 집에 포도주 있나…….먹을 것은?' 난 창문 너머 물푸레 나뭇가지 사이로 그를 쳐다봤지. 강은 달빛을 받아 온통 푸르렀어. 하얀 윗옷을 입고 가장자리가 해진 넓은 허리띠를 맨 그가 한쪽 다리는 배에, 또 한쪽 다리는 강가에 걸친 채 서 있었지. 그리고 잠시 몸을 흔들더니 노래를 불렀지. 날 보더니 말했어. "여기 굉장한 미인이 사는군! 그걸 몰랐네!" 나뿐만 아니라 모든 미녀를 다 아는 듯이 말이야! 난 그에게 포도주와 삶은 돼지고기를 대접했지……. 나흘 후 난 이미 그에게 모든 걸 줘버렸어……. 우리는 밤마다 뱃놀이를 했다네. 그가 집 근처에 와서 들다람쥐처럼 조용히 휘파람을 불면 난 물고기처럼 창을 훌쩍 뛰어넘어 강가로 갔어. 그리고 배를 탔지……. 그는 프루트 강 출신의 어부였어. 나중에 엄마가 모든 사실을 알게되어 나를 두들겨 팼을 때, 도브루드자나 더 멀리 도나우 강 지류로 함께 떠나자고 나를 꼬드겼어. 그러나 그때 난 이미 그가 싫증이 났어. 노래하고 입만 맞출 뿐 그게 다였거든! 그건 따분했어. 그 무렵 카르파티야의 우크라이나 도적떼들이 그곳에 들르곤 했어. 거기 애인들이 있었지……. 그건 아주 흥미진진했다네. 애인이 카르파티야 청년을 기다리고 기다리면서 그가 감옥에 갔거나혹은 싸우다가 어디선가 죽지 않았을까 생각하고 있는데 그가 혼자 또는 두세 명의 패거리와 함께 하늘에서 뚝 떨어지듯 불쑥 나타나는 거야. 선물도 얼마나 많이 갖고 왔는지 몰라. 모든 걸 쉽게얻었으니까! 그리고 그녀의 집에서 술잔치를 벌이고 자신의 패거리 앞에서 그녀를 칭찬하지. 그녀는 그게 아주 기분 좋았지. 그런 애인이 있었던 친구한테 그들을 한번 만나게 해달라고 부탁했다네……. 그녀 이름이 뭐였더라? 잊어버렸어……. 이제는 모든걸 잊어버리곤 하지. 많은 세월이 흘렀으니 자네 같아도 전부 다

잊어버렸을 거야! 친구가 내게 한 젊은이를 소개시켜줬지. 좋은 사람이었어……. 머리가 붉었는데 콧수염도 곱슬머리도 온통 붉었다네! 머리는 마치 불타오르는 것 같았어. 그는 침울한 사람이었는데 가끔은 상냥했다가, 가끔은 짐승처럼 으르렁거리면서 때리곤 했어. 한번은 내 얼굴을 때리기까지 했다네……. 난 고양이처럼 그의 가슴에 덤벼들어 이로 뺨을 물어뜯었어……. 그 이후 그의 뺨은 움푹 패었는데 그는 내가 그곳에 입 맞추는 걸 좋아했어……."

"어부는 어떻게 된 거예요?" 내가 물었다.

"어부? 그는…… 거기…… 그는 그 우크라이나 패거리에 가담했어. 처음에는 내 맘을 돌리려고 구슬리고 물속에 던져버리겠다고 위협도 했지만 좀 지나자 그 패거리에 가담했고 다른 여자가 생겼지……. 어부와 그 우크라이나 사람은 함께 교수형에 처해졌어. 난 그들이 교수형 당하는 걸 보러 갔다네. 도브루드자에서 집행되었지. 혼비백산한 어부는 울면서 처형대로 걸어갔지만, 우크라이나 사람은 태연하게 파이프 담배를 물고 있었지. 양손을 호주머니에 찌른 채 처형대로 가면서 파이프 담배를 피운 거야. 한쪽 콧수염은 어깨까지, 다른 한쪽은 가슴까지 늘어져 있었어. 나를 보더니 파이프를 빼고 소리쳤어. "잘 있어!" 거의 한 해 동안 난 그를 잊을 수 없었다네. 에후! 그들이 카르파티아의 고향으로 떠나려고 했을 때 일어난 일이었어. 작별 인사차 루마니아 사람 집을 방문했는데 거기서 체포됐지. 두 사람은 잡히고 몇 사람은 죽고 나머지는 도망쳤지……. 루마니아 사람은 그 뒤에 보복을 당했어……. 집도, 방앗간도, 곡물도 모두 불타버렸다네. 그는 알거지가 되었지."

"당신이 한 일인가요?" 내가 어림짐작으로 물었다.

"우크라이나 사람들은 친구가 많았지, 나 혼자는 아니야……. 죽은 두 사람을 위해 공양을 바친 자가 가장 진실한 친구였지……."

바닷가에서 들리던 노랫소리는 이미 들리지 않았다. 이제는 파도 소리만이 이제르길 노파의 이야기에 맞장구를 쳤다. 그녀의 격정적인 삶을 동경하듯 격렬한 파도 소리가 맞장구를 치는 것 같았다. 밤은 점점 부드러워졌고 푸른 달빛 속에 만물이 소생했다. 보이지 않는 밤의 거주자들이 분주하게 움직이는 소리는 강한 바람 때문에 점점 거세지는 파도 소리에 묻혀버렸다…….

"그리고 난 터키 사람도 사랑했네. 스쿠타르에 있는 그의 집에서 살았지. 딱 한 주일 살았는데 그냥 그랬지……. 따분했어. 오로지 여자들, 여자들만……. 아내가 여덟 명이나 되었지……. 그녀들은 하루 종일 먹고 자고 말도 안 되는 이야기만 늘어놓았어……. 아니면 서로 욕설을 퍼붓거나 암탉처럼 징징거렸다네……. 그 터키 사람은 젊지는 않았어. 거의 백발인데 위엄도 있고 부자였지. 마치 왕처럼 말을 했어……. 검은 눈은…… 매서웠고…… 영혼을 꿰뚫어보는 것 같았지. 그는 기도하는 걸 아주 좋아했어. 난 그를 부쿠레쉬티에서 만났지……. 시장을 둘러보는 그의 모습은 마치 왕처럼 위엄이 있었지. 난 그에게 미소를 지었다네. 그날 저녁 길거리에서 나를 붙잡아 그에게 데려갔지. 그는 염료와 종려나무를 파는 상인이었는데 물건을 사러 부쿠레쉬티에 들른 거였어. '나와 함께 가겠느냐?' 그가 말했지. '네, 가죠!', '좋다!' 그리고 난 그와 함께 떠났다네. 그는 부자였어. 아들이 하나 있었는데 까무잡잡한 소년으로 아주 날렵했지……. 그는 열여섯 살이었어. 난 그와 함께 터키에서 도망쳤지……. 불가리아, 롬 – 팔란카 등으로 도망쳤어……. 그곳에서 불가리아 여자가 약혼잔지 남편인지 때문에 내 가슴에 칼을 박았지. 지금은 누군지 기억도 안 나지만.

난 오랫동안 수도원에 누워 있었네. 여자 수도원이었어. 한 아가씨가 날 간호했는데 폴란드 출신이었지……. 아르체르 – 팔란카 근처였던 것으로 기억하는데, 그곳 수도원의 수도사였던 오빠가 그녀를 찾아오곤 했지……. 벌레 같은 사람인데……. 언제나 내게 아양을 떨곤 했지……. 건강을 회복한 뒤 난 그와 함께 폴란드로 떠났어……."

"잠깐만요! 터키 소년은 어떻게 됐어요?"

"소년? 그는 죽었어. 향수병인지 상사병인지…… 지나치게 태양빛을 받아 병들은 나무처럼 몸이 마르기 시작했어……. 그렇게 점점 말라갔지……. 온통 얼음처럼 투명하고 푸르스름한 그가 누워 있는 모습이 생각나. 그런데도 여전히 그는 사랑에 불타고 있었지……. 그래서 입 맞춰달라고 조르곤 했어……. 난 그를 사랑했어. 얼마나 많이 입맞춤을 했는지 몰라, 아직도 기억해……. 그후 상태가 악화되어 거의 움직이지도 못했지. 동냥하는 거지처럼 그렇게 불쌍하게 누워 있으면서도 자기 옆에 누워 몸을 데워달라고 졸랐지. 나는 자리에 누웠지. 그의 옆에 누우면…… 그는 금방온몸이 달아올랐어. 어느 날 잠에서 깨어나보니 그의 몸이 싸늘했어……. 죽어 있었지……. 난 그의 죽음을 슬퍼했어. 누가 뭐라고할 수 있을까? 어쩌면 내가 그를 죽인 것인지도 몰라. 당시 난 그보다 곱절이나 나이가 많았거든. 그리고 건강미가 넘치고 농염했지……. 그런데 그는, 어린애였어!"

그녀는 한숨을 내쉬었다. 그러고는 메마른 입술로 뭔가를 중얼거리면서 세 번 성호를 그었다. 나는 그녀의 그런 모습을 처음 보았다.

"그리고 당신은 폴란드로 떠났군요……." 내가 슬쩍 말을 던졌다.

"그래…… 그 키 작은 폴란드 사람이랑. 그는 우스꽝스럽고 저열한 인간이었어. 여자가 그리우면 고양이처럼 아양을 떨고 입에서는 달콤한 말이 쏟아져 나왔지만, 필요 없을 때는 마치 채찍처럼 날카로운 말로 나를 때렸지. 한번은 강가를 걷고 있었는데 그가 내게 아주 오만불손하고 모욕적인 말을 했어. 오! 오! 난 너무 화가 났어! 끓는 물처럼 펄펄 끓어올랐지! 난 그를 붙잡아 그의 온몸이 파래질 정도로 옆구리를 꽉 잡은 채 허공으로 들어 올렸지. 그는 키가 작아 어린애 같았거든. 난 그를 마구 흔든 뒤 강물에 처박아버렸어. 그는 비명을 질러댔어. 우스꽝스럽게 소리 질렀지. 강가에서 바라보고 있자니 저기 물속에서 그가 허우적거리고 있더군. 그렇게 난 떠났지. 그 후 우연하게라도 그를 만난 적이 없어. 한때 사랑했던 사람들과 헤어진 후 다시 마주치지 않아서 너무 다행이야. 고인을 만나는 것처럼 별로 유쾌한 만남은 아니거든."

노파는 한숨을 쉬며 입을 다물었다. 나는 그녀가 사랑했던 이들을 떠올렸다. 불처럼 붉은 콧수염을 한 우크라이나 남자가 태연하게 파이프를 물고 처형장으로 걸어가고 있었다. 아마도 그는 골똘하고 단호하게 쳐다보는 냉정한 푸른 눈을 지녔을 것이다. 그의 옆에는 푸르트 강 출신의 검은 콧수염을 한 어부가 있었다. 죽고 싶지 않은 그는 울고 있었다. 죽음의 슬픔에 빠져 핼쑥해진 얼굴에 쾌활한 두 눈은 흐릿해졌고 눈물에 젖은 콧수염은 일그러진 입가에 애처롭게 드리워져 있었다. 그리고 늙고 위엄 있는 터키 사람이 있었다. 아마도 그는 운명론자에 폭군이었을 것이다. 그 옆에 입맞춤에 연연해하는, 연약한 동방의 꽃과 같은 창백한 그의 아들이 있었다. 허영심 많은 폴란드 사람도 있었다. 여자에게 아양을 떨면서도 잔인하고, 달변이면서 냉소적인……. 그들 모두는 창백한 그림자일 뿐이었다. 그들이 입 맞췄던 여인은 아직 살아서 이렇게 내 옆에 앉아 있었다. 하지만 세월이 흘러 살도 핏기도 없는 앙상한 몸에 무덤덤한 가슴과 불꽃도 일지 않는 흐릿한 눈을 한 그녀는 살아 있는 사람이 아니라 그림자나 마찬가지였다.

그녀는 계속 말했다.

"폴란드에서는 힘들었다네. 그곳에는 냉정하고 위선적인 사람들이 살고 있었어. 난 그들이 뱀처럼 간사하다는 걸 몰랐지. 모두들 뱀처럼 쉬쉬거리는데……. 뭘 쉬쉬거렸을까? 위선적인 사람들이어서 신이 뱀의 혀를 준 거였어. 목적지도 정처도 없이 걷고 있던 나는 그들이 당신 러시아인들에 대항해 반란을 일으키려고 모여 있는 걸 보았다네. 그렇게 그들과 함께 보흐니야 시까지 걸어갔어. 한 유태인이 나를 샀지. 자신이 즐기려는 게 아니라 날 갖고 장사를 하기 위해서였어. 난 동의했어. 살려면 무엇이든 해야 했거든. 난 아무것도 할 줄 아는 게 없었고 몸으로 그 대가를 치러야 했지. 당시 나는 브이를라드 집으로 돌아갈 약간의 여비만 마런되면 어떤 견고한 사슬이라도 끊어버리겠다고 작정했지. 그렇게 난 그곳에서 살았다네. 부유한 지주들이 나를 찾아와 잔치를 벌였지. 아주 비쌌지. 그들은 나를 차지하려고 싸우기도 하고 빈털터리가 되기도 했다네. 한 지주가 오랫동안 나에게 공을 들였지. 한번은 자루를 둘러맨 하인과 함께 나를 찾아왔어. 그러곤 자루를 잡고 내 머리 위에서 뒤집는 거야. 금화가 머리 위로 쏟아져 내리고 바닥에 떨어지면서 짤그랑거렸지. 난 그 소리가 너무 좋았어. 그래도 난 그를 쫓아버렸다네. 그의 얼굴은 뚱뚱하고 축축했고 배는 올챙이 배 같았지. 그는 배부른 돼지처럼 날 쳐다봤어. 내게 금화를 뿌리기 위해 땅, 집, 말을 다 팔아버렸다고 하소연했지만 난 그를 쫓아버렸지. 그때 난 얼굴이 상처투성이인 멋진 지주를 사랑하고 있었어. 얼마 전에 그리스인들을 위해 전투하면서 터키인들의 칼에 맞아 난 상처였어. 정말 멋진 사람이지! 폴란드인한테 그리스인이 무슨 상관이겠어? 그런데 그는 전투에 참여해서 그들의 적에 대항해 함께 싸운 거야. 그리고 상처를 입었지. 한쪽 눈이 베이고 왼손 손가락 두 개가 잘려나갔지……. 폴란드인한테 그리스인이 무슨 상관이야? 그런데 그는 공훈을 세우는 걸 좋아했어. 공훈을 좋아하는 사람은 언제나 그걸 행할 줄 알고 어느 곳에서 그게 가능한지 찾아내지. 삶에는 언제나 공훈을 세울 만한 곳이 있는 법이야. 자네 그걸 알고 있나. 그런 일을 찾지 않는 사람들은 게으름뱅이거나 겁쟁이거나 사는 게 뭔지 모르는 사람들이지. 삶의 의미를 아는 사람들은 죽은 뒤에 자신의 그림자를 남기고 싶어 하거든. 그때서야 삶은 인간을 흔적도 없이 말살시켜버리지 못하지…… 오, 상처투성이의 그는 좋은 사람이었네! 무엇이든 하기 위해 세상 끝까지 갈 용의가 있는 사람이었지. 아마 반란 당시 당신 러시아인들한테 살해당했을 거야. 왜 당신들은 마자르인을 죽이러 갔지? 자, 자, 잠자코 있어!"

내게 잠자코 있으라고 한 뒤 이제르길 노파는 갑자기 입을 다물더니 생각에 잠겼다.

"난 마자르인도 한 사람 알고 있었지. 어느 날 그는 내 곁을 떠났어. 겨울이었어. 눈이 녹은 봄이 되어서야 머리에 관통상을 입은 그를 들판에서 발견했지. 그렇게 됐어! 역병 못지않게 사랑 또한 사람을 죽인다네. 숫자를 세보면 막상막하일거야…… 무슨 얘길 하고 있었지? 폴란드에 대해서…… 그래, 그곳에서 난 마지막 사랑놀이를 했지. 한 귀족을 만났어…… 얼마나 잘생겼는지 몰라! 악마 같았지. 그때 난 이미 나이가 많았지, 나이가! 쉰 살 정도였나? 그래, 그랬어…… 그는 건방졌는데 여자들한테 인기가 좋았어. 나도 그를 사랑했어. 그래. 그는 곧장 나를 취하려고 했지만 난 거부했어. 난 한 번도 누구의 노예가 된 적은 없었거든. 큰돈을 주고 유태인과는 이미 관계를 청산한 상태였고……

그리고 이제는 크라코프에서 살고 있었다네. 그때는 없는 게 없었어. 말도, 금도, 하인들도 있었지……. 거만한 악마 같은 그는 나를 찾아오면서 내가 스스로 그의 손아귀에 뛰어들기를 원했지. 우린 말다툼을 하곤 했다네……. 아직도 기억하는데 그 때문에 난 추레한 모습을 보이기도 했어. 오랫동안 이런 상태가 지속되었다네……. 결국 내가 이겼어. 그가 무릎을 꿇고 내게 간청했지……. 하지만 나를 손에 넣자마자 금방 떠나버렸어. 그때서야 내가 늙었다는 걸 깨달았어……. 어휴, 기분이 좋지는 않았어! 불쾌했지! 난 악마 같은 그를 사랑했어……. 그런데 나와 만나면서도 그는 나를 비웃었어……. 비열한 놈이었지! 다른 사람들 앞에서도 나를 비웃었어. 나도 알고 있었지. 고통스러웠다네! 하지만 그는 내 곁에 있었고 난 여전히 그를 사랑했어. 그가 당신 러시아인들과 전투하러 떠나자 난 견딜 수 없었어. 마음이 만신창이가 됐지만 어쩔 수가 없었지……. 그래서 그의 뒤를 따라가기로 마음먹었어. 그는 바르샤바 근처 숲 속에 있었지.

그러나 그곳에 도착한 나는 당신 러시아인들이 그들을 진압했고, 그가 가까운 마을에 포로로 잡혀 있다는 사실을 알게 됐어.

'더 이상 그를 볼 수 없다!' 그런 생각이 들었어. 그렇지만 그가 보고 싶었어. 그래서 방법을 모색했지……. 거지 차림을 하고 절름발이 흉내를 내며 얼굴을 싸맨 채 그가 있는 마을로 갔다네. 사방에 카자크와 병사들이 깔려 있었지. 거기서 얼마나 비싼 대가를 치렀는지 몰라! 폴란드 포로들이 감금되어 있는 곳을 알아냈는데 거기까지 가기가 쉽지 않았어. 그런데 가야만 했지. 그래서 밤에 그들이 있는 곳으로 기어갔다네. 울타리를 따라 기어가다 보니 그 길에 보초병이 서 있는 거야……. 그런데 폴란드인들이 노래하고 크게 떠드는 소리가 들렸어. 그들은 성모마리아에게 바치는 노래를 불렀지……. 그리고 그, 나의 아르카데크의 목소리도 들렸어. 예전에는 남자들이 내 꽁무니를 졸졸 따라다녔다는 생각이 들자 쓸쓸했지……. 이제는 반대로 내가 남자 때문에, 어쩜 목숨까지 내놓고 뱀처럼 땅을 기어가고 있었지. 보초병이 눈치를 챘는지 몸을 앞으로 숙이는 거야. 그러니 어떡하겠어? 난 일어나 그에게 다가갔지. 칼도 없었고 두 손과 혀밖에는 가진 게 아무것도 없었지. 칼을 갖고 오지 않은 게 얼마나 후회되던지. 내가 말했네. '잠깐만!' 그런데 보초병은 내 목에 총검을 들이댔지. 난 그에게 속삭였어. '찌르지 말게, 잠깐만, 자네한테 영혼이 있다면 내말을 들어주게! 자네한테 아무것도 줄 게 없지만 제발 부탁이네…….' 그는 총을 내려놓고 역시 속삭이듯 말했어. '꺼져버려, 아줌마! 꺼지라고! 뭔 일인데?' 난 아들이 저기 감금되어 있다고 말했어……. '이보게, 아들이 저기! 자네도 누군가의 아들이지, 그렇지? 날 좀 보게. 내게도 자네 같은 아들이 있어, 저기! 그를 잠시

라도 보게 해주게. 어쩜 그는 곧 죽을지도……. 만일 자네가 내일 죽는다면…… 자네 어머니도 자네 때문에 눈물을 흘리겠지? 어머니를 보지 못한 채 죽으면 자네도 고통스럽지 않겠나? 내 아들도 그럴 거네. 자네와 그를 불쌍히 여겨주게, 그리고 나, 어머니를!'

어휴, 얼마나 오랫동안 설득했는지 몰라! 비가 내려 몸이 젖었지. 바람은 윙윙거리면서 내 가슴과 등을 후려쳤어. 난 목석 같은 병사 앞에서 비틀거리며 서 있었지. 그는 한결같이 "안 돼!"라고 말했어. 그의 차가운 답변을 들을 때마다 매번 난 아르카데크를 꼭 봐야겠다는 의지를 불태웠어……. 그를 구슬리면서 그의 등치를 훑어봤지. 키도 작은 데다 말랐고 계속 기침을 해댔지. 난 그의 앞에 넘어지며 그의 무릎을 잡았어. 그사이에도 계속 간청을 하면서 그를 땅에 넘어뜨렸지. 그는 진흙탕에 넘어졌어. 난 그의 얼굴을 재빨리 땅 쪽으로 돌린 뒤 그가 고함치지 못하게 그의 머리를 웅덩이에 처박았어. 그는 고함도 치지 않고 자기 등 위에 올라탄 나를 밀쳐내려고 버둥거리기만 했어. 난 양손으로 그의 머리를 진흙탕 속에 더 깊게 쑤셔 넣었어. 곧 그의 숨이 멎었지……. 그리고 난 폴란드 사람들이 노래를 부르고 있는 창고 쪽으로 뛰어들었지. '아르카데크!' 벽 틈에다 대고 속삭였어. 눈치 빠른 폴란드 사람들은 내 소릴 들었는데도 계속해서 노래를 부르더군! 그리고 내 눈앞에 그의 눈이 나타났지. '거기서 나올 수 있어?', '그래, 마루 밑으로!' 그가 말했다. '그럼, 어서 해.' 네 사람이 창고 밑 쪽에서 기어 나왔지. 세 사람과 나의 아르카데크가. '보초병은 어디에 있어?' 아르카데크가 물었네. '저기 누워 있어!' 땅에 몸을 바짝 수그리고 그들은 살금살금 걸어갔어. 비가 오고 바람이 윙윙거렸지. 우리는 마을에서 빠져나와 한참 동안 말없이 숲 속을 걸었어. 아주 빨리 걸었지. 아르카데크가 내 손을 잡았는데 그 손은 뜨거웠고 덜덜 떨고 있었지. 오! 그가 침묵하고 있는 동안 그와 함께 있는 건 너무 좋았어. 마지막 순간이었어. 격정적인 내 인생에서 마지막으로 멋진 순간이었지. 우리는 숲을 벗어나 평지로 나와서야 발길을 멈췄어. 그들 네 사람은 내게 감사를 표했어. 어휴, 그들이 얼마나 오랫동안 감사 인사를 했는지 몰라! 난 듣기만 하면서 나의 연인을 쳐다봤지. 그는 내게 뭐라고 할까? 그는 나를 껴안더니 아주 위엄 있게 말했어……. 그가 무슨 얘길 했는지 자세히 기억은 안 나지만, 이런 거였지. 내가 그를 구해줬으니까 그 감사의 표시로 나를 사랑하겠다는 거야……. 그리고 그는 내 앞에 무릎을 꿇고 미소를 지으면서 말했어. '나의 여왕이시여!' 이런, 얼마나 위선적인 인간이야! 난 그에게 발길질을 했지. 그리고 그의 얼굴을 때리려고 했더니 몸을 피하면서 일어나더군. 얼굴이 파래진 그는 위협하듯 내 앞에 서 있었지……. 나머지 세 사람도 인상을 쓰고 있었어. 모두들 말이 없었지. 난 그들을 바라봤어……. 기억하는데, 그 순간 난 너무 역겨웠어. 그런 감정이 날 덮쳤지……. 그래서 말했어. '가버려!' 개새끼 같은 그들은 내게 물었지. '우리가 어디로 도망쳤는지 알려주려고 다시 그곳에 가지는 않겠지요?' 진짜 비열한 놈들이었지! 어쨌든 그들은 떠났어. 그리고 나도 내 길을 갔지……. 다음 날 당신 러시아 사람들이 날 붙잡았지만 곧 풀어줬어. 그때 난 깨달았어. 이제는 둥지를 틀고 정착해야 한다는 걸! 몸은 무거워지고 날개는 약해지고 깃털은 윤기를 잃었지……. 그래 정착할 때야, 정착! 난 갈리치야로 떠났고 거기서 도브루드자로 왔지. 이제 여기서 근 삼십 년을 살고 있어. 몰다비아 남편이 있었는데 일 년 전에 죽었어. 그래도 난 여전히 살고 있지! 혼자서……, 아니군, 혼자가 아니라 저들과 함께."

노파는 바다를 향해 손을 흔들었다. 그곳에는 모든 것이 잠잠했다. 가끔 아주 짧은 믿기지 않는 무슨 소리가 들렸으나 곧 사라졌다.

"그들은 날 사랑해. 난 그들에게 다양한 많은 것들을 이야기해주지. 그들에게 필요한 거야. 아직 젊거든……. 난 그들과 함께 있는 게 좋아. 그들을 보면서 생각하지. '나도 저런 때가 있었지……. 내 젊은 시절에는 사람들에게 힘과 불꽃이 더 많았어. 그래서 더 흥겹고 멋지게 살았는데……. 그래!"

그녀는 입을 다물었다. 그녀 옆에 있자니 우울했다. 그녀는 머리를 끄덕이며 졸면서 조용히 뭔가를 중얼거렸다……. 기도를 하는 모양이었다.

바다에서 산맥처럼 험준한 모양새를 한 검고 묵직한 먹구름이 일더니 스텝을 덮어버렸다. 먹구름 꼭대기에서 몇 조각이 떨어져 나와 앞서 질주하며 별빛을 하나둘 꺼뜨렸다. 바다가 철썩거렸다. 우리로부터 멀지 않은 곳에 있는 포도나무 덩굴에서 사람들이 입 맞추고 속삭이며 탄식을 토해냈다. 저 멀리 스텝에서 개가 울부 짖었다……. 대기 중에 코를 간질이는 이상한 냄새가 신경을 자 극했다. 구름 그림자들이 땅 위에 드리워졌고 땅 위를 기어 다니 다 사라졌다가 다시 나타나곤 했다……. 달이 있던 자리에는 희 미한 오팔빛 점만이 남아 있었고 이따금 회청색의 조각구름이 그 자리를 뒤덮곤 했다. 그 안에 숨은 무언가를 감추어주려는 듯 스 텝은 어두컴컴하고 무서웠다. 스텝 저 멀리에서 푸른 불꽃이 작게 타올랐다. 무언가를 찾기 위해 스텝에 뿔뿔이 흩어져 있는 사람들 이 성냥불을 켰는데 바람이 곧장 꺼버리는 것처럼 이쪽저쪽에서 순간 불꽃이 나타났다 사라졌다. 뭔가 환상적인 것을 암시하는 아 주 이상한 푸른 불꽃이었다.

"자네 불꽃이 보이는가?" 이제르길 노파가 물었다.

"저기 푸른 불꽃이요?" 스텝을 가리키며 내가 말했다.

"푸른? 그래, 맞아……. 여전히 날고 있군! 그래, 그래…… 난 더 이상 그것들을 볼 수가 없어. 이제는 많은 것을 보지 못해."

"어디서 나타난 거예요?" 내가 물었다.

전에 이 불꽃의 유래에 대해 들은 적이 있었으나 나는 이제르길 노파가 어떻게 이야기를 펼쳐나갈지 궁금했다.

"저 불꽃들은 단코의 불타는 심장에서 나온 거야. 심장이 있었는데 어느 날 불꽃으로 타올랐지……. 그 심장에서 저 불꽃이 나왔다네. 자네에게 이야길 해주지……. 아주 오래된 이야기야……. 아주 먼 먼 옛날 이야기지! 옛날 것에 얼마나 많은 것이 담겨 있는지 알고 있나? 그런데 지금은 그런 건 하나도 없어. 일도, 사람도, 옛날에 있었던 이런 이야기도 하나도 없지……. 왜 그럴까? 자, 대답해보게! 대답 못할 거네……. 자넨 뭘 알고 있나? 자네 젊은이들이 아는 게 뭔가? 어허! 옛날을 주의 깊게 들여다보면 거기 모든 수수께끼의 답을 찾을 것인데……. 자네들은 보지 않기 때문에 사는 방법도 모른다네……. 내가 삶을 보지 못하는 거 같은가? 오호, 비록 눈은 나쁘지만 모든 걸 본다네! 사람들은 삶을 사는 게 아니라 저울질하며 재기만 하면서 평생을 낭비한다네. 스스로 자신의 운명을 도둑질하고 시간을 헛되이 보낸 후에야 운명을 한탄하기 시작하지. 운명이란 뭘까? 각자가 자신의 운명이야! 지금도 난 온갖 사람들을 보지만 강한 자는 찾을 수 없어! 그들은 어디에 있는 걸까? 이제는 아름다운 사람들도 점점 줄

어들고 있어."

이제르길 노파는 강하고 아름다운 사람들이 어디로 사라졌는지 답을 찾으려는 듯 어두운 스텝을 주시했다.

질문을 했다가 이야기가 다시 다른 방향으로 빠지지나 않을까 우려한 나는 묵묵히 그녀의 이야기를 기다렸다.

마침내 그녀가 이야기를 시작했다.

3

옛날 옛적 어떤 종족이 지상에 살고 있었다. 사람들이 지나갈 수 없는 난공불락의 숲이 삼면에서 그들을 감싸고 있었고 나머지 한쪽 면은 스텝 지역이었다. 그들은 호탕하고 힘세고 용감한 종족이었다. 그런 어느 날 힘겨운 시간이 닥쳐왔다. 어딘가에서 새로운 종족들이 나타나 토박이인 그들을 깊은 숲 속으로 몰아냈다. 그곳은 늪지와 암흑만이 있을 뿐이었다. 아주 오래된 숲에는 나뭇가지들이 빽빽하게 뒤얽혀 있었고 그 사이로는 하늘조차 보이지 않았다. 태양이 울창한 나뭇잎을 통과하여 늪지대를 비추는 일도 거의 없었다. 간혹 늪지대에 태양빛이 비치면 악취가 올라와 사람들이 하나둘 죽어갔다. 그러면 아내들과 아이들은 눈물을 흘렸고 남자들은 생각에 잠기고 슬픔에 빠져들었다. 숲에서 벗어날 방법은 두 가지였다. 하나는 힘세고 나쁜 적들이 있는 곳으로 되돌아가는 것이었다. 또 다른 하나는 앞쪽으로 나아가는 것이었다. 그곳은 질척질척한 늪지 깊숙이 구불구불한 뿌리를 내리고 육중한 가지들이 뒤엉킨 거목들이 즐비하게 서 있었다. 돌처럼 단단한 나무들은 낮에는 회색빛 어둠 속에서 묵묵히 미동도 않고 서 있었지만 모닥불을 피우는 저녁 시간에는 압박하듯 사람들 주위로 몰려들었다. 스텝의 광활함에 익숙해 있던 그들을 질식시켜 죽이려는 듯 그들 주위에는 짙은 어둠만이 밤낮으로 감돌고 있었다. 나무 꼭대기에 바람이 몰아치면 더 무시무시했다. 숲 전체가 황량하게 술렁거리면서 마치 위협하듯 그들에게 장송곡을 부르는 것 같았다. 그들은 자신을 몰아낸 자들과 죽음을 각오하고 싸울 준비가 된 힘센 사람들이었지만, 전투에서 목숨을 버릴 수는 없었다. 그들에게는 지켜야 할 선조들의 유언이 있었고 그들이 죽는다면 그 유언도 이 세상에서 사라질 것이기 때문이었다. 그래서 그들은 긴긴밤 내내 황량한 숲의 소리를 들으면서 역겨운 악취가 나는 늪지대의 모닥불 주위에 앉아 생각에 잠겨 있었다. 모닥불 그림자가 소리 없이 춤추며 그들 주위를 뛰어다녔다. 그들에게는 그림자가 춤추는 게 아니라 숲과 늪지의 악한 영혼이 승리를 자축하는 것처럼 보였다……. 그들은 계속 생각에 잠겨 있었다. 그러나 일이

나 여자, 그 어떤 것도 우울한 생각만큼 사람의 몸과 마음을 지치게 하지는 않는다. 생각에 지친 사람들은 나약해졌다……. 그들 사이에 공포가 자리 잡고 그들의 굳센 손을 결박시켰다. 여자들은 악취로 죽은 시체 더미와 두려움에 사로잡힌 산 자들 앞에서 통곡하며 공포를 확산시켰다. 그러자 비겁한 말들이 들리기 시작했다. 처음에는 소심하고 조용했으나 점점 커져갔다……. 이미 모두들 적한테 돌아가서 복종할 준비가 되어 있었다. 죽음에 놀란 사람들은 노예 생활도 두려워하지 않았다……. 하지만 이때 단코가 나타나 혼자서 자기 종족을 구했다.

이제르길 노파는 단코의 불타는 심장에 대해 한두 번 이야기한 게 아닌 것 같았다. 그녀는 노래하듯 리듬 있게 이야기를 풀어나갔다. 메마르고 갈라진 그녀의 목소리는 내 눈앞에 늪지의 지독한 악취 때문에 힘겹고 겁에 질린 사람들이 죽어가는 술렁거리는 숲을 아주 선명하게 묘사했다…….

단코는 아름다운 젊은이 중 한 사람이었다. 아름다운 자는 언제나 용감했다. 그가 자기 종족에게 말했다.

"생각만으로 길 위의 돌을 치울 수는 없습니다. 아무것도 하지 않는 자는 아무것도 얻을 수 없습니다. 왜 우리는 생각과 슬픔에

빠져 쓸데없이 힘을 낭비하고 있는 겁니까? 일어나십시오. 숲을
헤치고 나아갑시다. 그 끝이 있을 겁니다. 이 세상 모든 것에는 끝
이 있습니다! 갑시다! 자! 헤이!"

사람들은 그를 바라보며 그가 가장 훌륭한 사람이라는 걸 느꼈
다. 그의 눈에는 의지와 불꽃이 불타고 있었다.

"당신이 우리를 인도하시오!" 그들이 말했다.

그렇게 그는 그들을 인도했다…….

노파는 입을 다물더니 어둠이 점점 짙어져가는 스텝을 바라봤
다. 저기 멀리 단코의 불타는 심장에서 불꽃이 타올랐는데 마치
순간 활짝 피는 푸른 공기꽃 같았다.

단코가 그들을 인도했다. 그를 믿었기에 모두들 일치단결하여
그의 뒤를 따랐다. 아주 힘든 길이었다. 사방은 어두컴컴했다. 한
걸음 걸을 때마다 탐욕스런 늪은 아가리를 크게 벌리고 사람들을
삼켜버렸고 나무들은 거대한 벽처럼 길을 막아섰다. 나뭇가지들
은 서로 뒤엉켜 있었고 뱀처럼 사방으로 뿌리가 뻗어 있었다. 한
걸음 옮길 때마다 수많은 피와 눈물을 흘려야했다. 그들은 오랫동
안 걸었다……. 숲이 깊어질수록 그들은 점점 힘이 빠졌다! 그러
자 단코에 대한 불만이 터져 나오기 시작했다. 젊고 경험도 없는

그가 그들을 잘못 인도하고 있다는 것이었다. 그러나 앞장서서 걸어가는 그는 힘과 활기가 넘쳐흘렀다.

그러던 어느 날 숲 위에서 천둥 번개가 치고 나무들이 황량하고 위협적으로 술렁였다. 지구상에 태어난 온갖 밤이 다 모여든 듯 숲 속은 칠흑처럼 캄캄해졌다. 위협적인 천둥 소리를 들으면서 왜소한 사람들이 거목들 사이를 지나갔다. 흔들거리는 거목들은 분노의 함성을 질렀다. 숲 꼭대기에서 질주하던 번개는 차가운 푸른 불꽃으로 잠시 숲을 비추더니 나타났을 때처럼 사람들을 놀라게 하면서 순식간에 사라졌다. 차가운 번갯불에 비친 나무들은 마치 살아 있는 것 같았다. 어둠 속에서 벗어나려는 사람들을 향해 옹이진 긴 팔을 뻗어 꽁꽁 묶어서 길을 방해하려는 듯했다. 무시무시하고 검고 차가운 무언가가 어두운 나뭇가지에서 움직이는 사람들을 쳐다보는 것 같았다. 힘든 길이었다. 사람들은 지치고 의기소침해졌다. 하지만 자신의 무기력함을 인정하자니 수치스러웠다. 그래서 악의와 분노에 찬 그들은 앞서 걷고 있던 단코에게 비난의 화살을 퍼부었다. 그들은 단코가 자신들을 인도할 능력이 없다고 비난하기 시작했다. 이런!

그들은 걸음을 멈췄다. 위협적으로 술렁이는 숲의 어둠 속에서 지치고 악의에 찬 그들은 단코를 심판하기 시작했다.

"자넨 우리에게 쓸모없고 해로운 인간이야!" 그들이 말했다.

"우릴 인도했지만 이렇게 힘들게 만들었으니 자넨 죽어야 해!"

"여러분이 '인도하시오!'라고 부탁했기 때문에 난 그대로 했을 뿐입니다!" 단코가 그들을 마주보며 소리쳤다. "자신이 있었기에 여러분을 인도한 것입니다! 그런데 당신들은? 자신을 위해 뭘 했습니까? 당신들은 그저 걷기만 했고 더 긴 여정을 위한 힘을 비축하지 않았습니다! 당신들은 양떼처럼 그냥 걷고 걸었을 뿐입니다!"

이 말에 그들은 더 격분했다.

"죽어! 죽어버려!" 그들은 소리쳤다.

그들의 고함 소리에 맞춰 숲은 더욱 술렁거렸다. 번개가 어둠을 산산조각 내버렸다. 단코는 자신이 인도한 사람들을 바라보며 그들이 짐승 같다는 걸 깨달았다. 주위에 많은 사람들이 있었지만 그 얼굴에서 고결함은 전혀 찾아볼 수 없었고 그들의 아량을 기대할 수도 없었다. 가슴속에 분노가 들끓었지만 사람들에 대한 동정심 때문에 그는 분노를 억눌렀다. 그는 그들을 사랑했고 자신이 없으면 그들이 죽을지도 모른다고 생각했다. 그의 가슴속에는 그들을 무사히 안전한 곳으로 인도하고자 하는 열망이 불타올랐고, 눈에는 강한 불꽃이 활활 타올랐다……. 그런데 이 모습을 본 그들은 그가 격렬한 분노에 휩싸여 눈이 이글거린다고 생각했다. 그가 곧 싸움을 벌일 거라 짐작한 그들은 늑대처럼 경계심을 곤두세

왔다. 그리고 손쉽게 그를 붙잡아서 죽이려고 더 빽빽하게 그를 에워싸기 시작했다. 그러나 이미 그런 마음을 간파하고 있었다. 그 때문에 슬펐지만 그의 가슴은 더 선명히 불타올랐다.

숲은 여전히 음울한 노래를 부르고 있었고 천둥이 치고 비가 내렸다…….

"저들을 위해 내가 뭘 해야 하는가!" 천둥 소리보다 더 크게 단코가 울부짖었다.

그는 갑자기 손으로 가슴을 찢더니 그 안에서 심장을 꺼내 머리 위로 높이 쳐들었다.

심장은 태양처럼, 태양보다 더 활활 불타올랐다. 사람들에 대한 위대한 사랑의 횃불이 비치자 숲은 잠잠해졌고, 어둠은 그 빛에 놀라 숲 속 깊숙이 도망치다 늪지의 썩은 진흙탕 속에 빠져버렸다. 놀란 사람들은 목석처럼 굳었다.

"갑시다!" 단코가 소리쳤다. 불타오르는 심장을 높이 쳐들어 사람들에게 길을 밝혀주면서 그는 앞으로 나아갔다.

그 모습에 감동한 사람들은 그의 뒤를 따랐다. 그러자 놀란 숲이 나무 꼭대기를 흔들면서 다시 술렁거렸으나 그 소리는 달려가는 발자국 소리에 묻혀버렸다. 멋지게 빛나는 불타는 심장에 매료당한 사람들은 용감하게 빨리 달렸다. 계속해서 사람들이 죽었으나 이제는 아무도 불평하거나 눈물을 흘리지 않았다. 단코는 여전히 앞장서서 걷고 있었고 그의 심장은 불타올랐다, 활활 불타올랐다!

마침내 난공불락의 숲은 그들에게 길을 내주고 말없이 뒤에 남았다. 어느덧 단코와 사람들은 찬란한 태양빛과 비에 씻긴 깨끗한 공기 속에 들어와 있었다. 저기 그들 뒤쪽 숲 위에서 천둥이 으르렁거렸다. 하지만 이곳에는 태양이 빛나고 스텝이 달콤한 숨을 내쉬고 있었다. 빗방울은 풀 위에서 보석처럼 반짝거리고 강은 황금 물결처럼 빛나고 있었다……. 저녁 시간이었다. 지는 태양빛에 반사된 강은 단코의 찢어진 가슴에서 흘러나오는 피처럼 붉었다.

당당하고 용감한 단코는 자기 앞에 펼쳐진 광활한 스텝에 눈길을 던졌다. 자유로운 땅으로 기쁨의 눈길을 던진 그는 호탕하게 웃기 시작했다. 그 후 땅에 쓰러져 죽었다.

기쁨과 희망에 들뜬 사람들은 그의 죽음을 눈치채지 못했고, 단코의 시체 옆에서 그의 용감한 심장이 아직도 불타고 있는 것을 보지 못했다. 조심스런 한 사람만이 그 사실을 알아채고는 무엇이 두려운지 위대한 심장을 발로 짓밟았다……. 불꽃이 흩어지며 꺼졌다…….

"천둥 번개에 앞서 나타나는 스텝의 푸른 불꽃은 이렇게 탄생한 거라네."

이제르길 노파가 아름다운 이야기를 마쳤을 때 스텝은 무서울 정도로 적막해졌다. 사람들을 위해 자신의 심장을 불태우면서 아무런 보상도 요구하지 않은 채 죽은 용감한 단코의 힘에 주눅든 것 같았다. 노파는 졸고 있었다. 나는 그녀를 바라보며 생각했다. '그녀의 기억 속에는 얼마나 많은 이야기와 추억거리가 더 남아 있는 걸까?' 그리고 위대한 단코의 불타는 심장과 아름답고 멋진 전설을 만들어낸 인류의 상상력에 대해 생각했다.

바람이 불었다. 깊은 잠에 빠져든 이제르길 노파의 앙상한 가슴이 누더기 옷 사이로 드러났다. 난 그녀의 가슴을 덮어주고 그녀 옆에 누웠다. 스텝은 조용하고 어두웠다. 하늘에는 여전히 유유자적한 구름들이 심심한 양 떠다니고 있었다……. 바다는 황량하고 구슬프게 철썩거렸다.

역자 후기

•

삶이란 무엇인가, 어떻게 살 것인가

어려운 생활환경에도 불구하고 삶에 대한 열정을 포기하지 않고 위대한 작가의 반열에 오른 막심 고리키. 어린 시절 부모를 여의고 열한 살 때 이미 세상 속에 뛰어들어 밥벌이를 해야 했지만 그는 힘든 시간을 견디어냈다. 그리고 그는 인간의 위대함을 찬양하는 인간예찬론자가 되었다.

1892년 작가로 데뷔한 이후 그의 작품 대부분에는 인간에 대한 믿음과 그 열정에 대한 절대적 신뢰가 뿌리 깊이 박혀 있다. 신이 인간을 창조했다면, 인간은 영혼을 살찌우는 멋진 작품들을 창조했다. 그래서 그에게 있어 인간은 신처럼 대문자로 표기되는 절대적인 인물이다. 이처럼 무한한 가능성을 갖고 있는 위대한 인간이 잘못된 삶의 늪에서 허우적대지 않으면서 멋진 삶을 살려면 어떻게 해야 할 것인가에 대한 고민과 성찰이 그의 작품 곳곳에 배어 있다.

초기 낭만주의 성향의 작품에서는 일반적인 사회의 인식과는 달리 부랑자들을 주인공으로 등장시켜 자유분방하고 당당한 삶을 예찬하기도 한다. 그 후 리얼리즘 성향의 작품에서는 노동자와 지식인의 깨어 있는 의식을 집중적으로 조명하기도 한다. 작품에 따라 주인공의 사회적 신분이 바뀌기도 하지만 그의 작품 속에서 끊임없이 제기되는 것은 어떻게 살 것인가, 과연 어떤 삶이 바람직한 것인가에 대한 문제이다.

이번에 소개되는 『마부』에서도 과연 삶이란 무엇인가, 어떻게 살아야 할 것인가, 삶에서 중요한 것은 무엇인가라는 질문이 반복되고 있다. 『마부』에는 총 열 편의 단편이 실려 있는데 모두 초기에 속하는 작품(1895~1896)이며, 「이제르길 노파」를 제외한 나머지 아홉 편은 국내에 처음 소개되는 작품이다.

「마부」(1895), 「환영」(1896), 「종」(1896)에서는 돈을 삶의 최고의 가치로 여기며 아무런 죄책감도 없이 살인, 탐욕, 착취를 일삼는 주인공들이 등장한다. 파벨, 포마, 안티프 등 세 주인공은 세상의 권력은 돈에서 나온다는 물질만능주의에 빠져 있는 인물들이다. 세 작품은 모든 것을 가졌지만 정신적·도덕적으로 공허한 그들의 내면세계를 그리고 있다.

특히 「마부」에는 도스토옙스키의 『죄와 벌』(1866)과 유사한 주제로 돈과 권력, 참회의 문제가 나타나 있다. 평범하게 살아가던 주인공 파벨 니콜라예비치는 마부와의 대화를 통해 부유한 여상인에 대해 알게 되고 살인을 저지른다. 그녀의 돈으로 그는 팔 년 동안 사회적으로 성공한 삶을 살아간다. 살인을 했지만 죄책감이나 양심의 고통은 없다. 다만 내면에 아무런 감정이 없음을 괴로워할 뿐이다. 결국 시장으로 선출된 날 그는 자신의 죄를 고백하고, 종교를 통해 구원을 받는다. 「죄와 벌」의 주인공과 달리 「마부」의 주인공은 영웅주의가 아닌 돈 때문에 살인을 저지르고, 사회적 부와 명성을 얻게 된다. 그러나 두 주인공 모두 살인에 대한 죄책감은 전혀 없다. 결국 두 사람은 팔 년이라는 시간이 흐른 뒤에 종교적으로 참회하고 구원을 받는다. 종교와는 전혀 무관한 듯 알려져 있던 고리키의 종교적 성향이 나타난 작품으로 과연 어떻게 살 것인가에 관한 문제를 보여준다.

「로맨스」(1896), 「아름다움」(1896)에서는 지치고 힘든 삶 속에서 인간에게 한 줄기 희망처럼 다가오는 감정, 즉 사랑과 아름다움에 대한 갈망이 펼쳐진다. 인쇄소 직공 야쉬카에게 첫사랑처럼 다가온 아가씨, 힘겨운 삶을 살아가는 우크라이나 사람에게 다가온 아름다운 여인은 그들의 삶에 지울 수 없는 강렬한 인상을 남긴다. 한순간 스쳐 지나간 짧은 만남이지만 두 여인은 마치 사막의 오아시스처럼 그들의 삶에 생명력을 부여하는 존재로 남는다.

「푸른 눈의 여인」(1895), 「아쿨리나 할머니」(1895)는 자식과 남을 위해 희생하는 두 여인을 묘사한다. 남편이 죽자 아이들의 양육을 위해 몸을 팔러 나서는 푸른 눈의 여인, 구걸해서 부랑자들을 먹여 살리는 고리키의 외할머니였던 아쿨리나 할머니는 희생적인 삶의 모습을 보여준다.

「지난해」(1896), 「시간」(1896)은 아포리즘 식의 짧은 문구를 통해 가차 없는 시간의 흐름 속에서 권태와 공허함에 빠진 인간의 정신 세계를 보여준다. 인간의 감정들은 제 기능을 상실한 채 진부하고 기형적으로 변했다. 이성은 쇠약하고 무기력해졌다. 사랑은 열정적인 말도 잊어버리고 차갑게 식어버렸다. 믿음은 이리저리 깨지고 완전히 망가졌다. 진리는 학대받고 외면당했다. 독창성은 이미 오래전에 자취를 감췄다. 이 모든 감정을 상실한 사람들은 왜 사는지 모른 채 살아가고 있다. "낡아 빠진 사람들에게 왜 새로운 해가 필요한가? 새로운 사람들이 생겨날 때까지, 사람들이 자신의 생각과 감정을 쇄신하지 않는 한 새로운 해는 없다."라는 영원의 선언처럼 「지난해」는 열정 없이 진부하고 소심한 삶을 살아가는 이들에게 일종의 경종을 울리는 작품이다. 「시간」에서도 역시 고리키는 공허하고 지루한 시간의 늪에 빠져 거짓과 적의로 가득 찬 세상에서 허우적대지 말 것을 호소하고 있다. 또한 자신을 불태우면서 진실, 정의, 아름다움을 위해 헌신하는 삶, 앞으로 나아가는 열정을 예찬하고 있다.

「이제르길 노파」(1895)에서도 역시 세 유형의 주인공을 통해 다양한 삶의 방법을 제시하고 있다. 오직 자신만을 생각하는 극단적 이기주의자 라라, 자유분방하고 격정적인 삶을 살아온 이제르길 노파, 자신을 희생하는 이타주의자 단코의 모습을 통해 어떻게 살아야 하는가에 대한 메시지를 전하고 있다.

돈, 명예, 탐욕, 아름다움, 희생, 오만함, 자유분방한 삶 등 다양한 목표를 향해 나아갔던 고리키의 작품 속 주인공들은 과연 우리는 왜, 무엇을 위해 살고 있는지 다시 한 번 되돌아보게 만든다. 그 속에는 인간에 대한 믿음과 그 열정의 위대함을 일깨우며 멋진 삶을 기원하는 작가의 간절한 염원이 드러나 있는 것이다.

옮긴이 이수경

고리키 연보

1868년   3월 16일 니즈니노브고로드에서 목수의 아들로 태어났다. 본명은 알
렉세이 막시모비치 페쉬코프.

1871년   아버지 콜레라로 사망. 어머니 재혼. 염색 공장을 하는 외할아버지
집에서 유년시절을 보내게 됨.

1877년   초등학교 입학.

1878년   외할아버지 파산. 학교 그만두고 생활 전선에 뛰어듦.

1879년   어머니 폐결핵으로 사망.

1881년   선박에서 접시닦이로 일하며 주방장에게 책을 대독하면서 대문호들
의 작품을 접하게 됨.

1884년   대학에 입학하기 위해 카잔으로 떠남.

1885년   빵집 기술자로 일하며 노동자, 인민주의자, 대학생들을 만나고 마르
크시즘 서적을 접하게 됨.

1887년	현실과 이상의 괴리, 힘겨운 노동, 앞날에 대한 절망감으로 권총 자살 시도, 이후 만성 폐결핵을 앓게 됨. 진정한 삶의 의미를 찾기 위해 러시아 전역을 방랑함.
1889년	정치 유형수와의 관계로 인해 체포되어 니즈니노브고로드 감옥에 수감됨.
1892년	9월 트빌리시의 신문 〈카프카스〉에 막심 고리키('극단의 고통'이라는 뜻)라는 필명으로 단편 「마카르 추드라」 발표.
1893년	단편 「에밀리얀 필랴이」 발표.
1894년	최초의 중편 「고레므이카 파벨」 발표.
1895년	단편 「이제르길 노파」, 「첼카쉬」, 「매의 노래」, 「마부」, 「푸른 눈의 여인」, 「아쿨리나 할머니」, 「이제르길 노파」 발표.
1896년	신문 〈사마라〉에서 교정 일을 보던 예카테리나 파블로브나 볼쥐나와 결혼. 「환영」, 「종」, 「로맨스」, 「아름다움」, 「지난해」, 「시간」 발표
1897년	단편 「코노발로프」, 「말바」, 중편 「오를로프 부부」, 「이전 사람들」 발표.
1898년	단편 20편과 수필을 모은 두 권으로 된 『수필 및 단편집』 발표. 러시아 및 유럽에서 문학적 명성을 얻게 됨. 경찰의 감시를 받으며 폐결핵 치료를 위해 얄타를 방문, 이곳에서 처음으로 체호프, 쿠프린, 부닌을 만남.
1899년	중편 「포마 고르제예프」, 단편 「26명의 사내와 아가씨」 발표.
1900년	모스크바에서 톨스토이와 레오니드 안드레예프를 만남. 중편 「세 사람」 발표.
1901년	4월 학생 데모와 파업을 봉쇄하기 위해 학생들을 체포하고 퇴학시키

는 정부를 비판, 이들의 사면을 요구하고 데모를 호소하는 연설로 인해 체포됨. 감옥에서 혁명의 도래를 예고하는 「바다제비의 노래」 집필. 발표되자마자 혁명적 지식인들 사이에서 큰 인기를 누리며 혁명의 노래처럼 인식됨.

1902년   희곡 「소시민」, 「밑바닥에서」 초연, 이후 두 작품은 거의 상연이 금지됨.

1904년   이혼. 1903년 모스크바 예술극장의 배우 마리야 표도로브나 안드레예바와 동거. 첫 아내와 평생 우정 어린 관계를 유지함. 격동기 지식인들의 모습을 그린 희곡 「별장족들」 저술. 제네바에서 발행되는 레닌의 잡지 〈선봉〉에 물질적인 지원.

1905년   1월 9일 제1차 혁명 참여, 실상 목격. 「전 러시아 시민 및 유럽 제국의 사회 여론에 대해」라는 성명서를 작성해 차르의 살상 비난, 전제주의와의 즉각적인 투쟁 호소함. 국가보안법 위반으로 체포됨. 세계 여론의 비난이 빗발치자 정부는 그를 석방. 감옥에 있는 동안 지식인들을 묘사한 희곡 「태양의 아이들」을 저술. 사회민주노동당 가입.

1906년   볼셰비키 지원금 모집, 혁명을 탄압하기 위한 차르 정부의 외국 차관을 막기 위해 미국 뉴욕 방문. 이로 인해 러시아로의 귀국 불허 조치로 1913년까지 이탈리아의 카프리 섬에 정착. 희곡 「적들」, 장편 『어머니』 완성.

1907년   제5차 사회민주당 런던대회에 초청되어 레닌과 만남.

1907~1909년 인간이 신을 창조한다는 건신(建神) 사상에 빠져 레닌과 불화를 야기함.

1908년	중편 「고백」 발표.
1909년	중편 「여름」 발표.
1910~1912년	『이탈리아 이야기』 발표.
1913년	자전적 소설 1부 『어린 시절』 발표. 로모노소프 가문 300주년 기념 특사로 정치 사면을 받게 되어 러시아로 돌아옴.
1915년	'돛대' 출판사 창립, 월간지 〈연대기〉 발행.
1916년	자전적 소설 2부 『세상 속으로』 발표.
1917년	2월 혁명 이후 '예술 분야 특별위원회'를 창설해 문화재 보호에 큰 관심을 기울임. 노동자에게 지식 보급과 과학 발전을 위해 '자연과학 발전 및 확산을 위한 자유협회' 창설. 4월 〈새생활〉지 창간되어 1918년 7월 폐간됨.
1918년	〈새생활〉지에 기고한 평론을 단행본 『시의적절치 않은 생각들: 혁명과 문화에 대한 소고』, 『시의적절치 않은 생각들: 혁명과 문화. 1917년 소고』 발행.
1921년	내전 중에 죽어가는 학자, 작가, 예술가 등 구명 활동. 레닌은 재발된 폐결핵을 구실로 외국 요양 권유, 이탈리아 소렌토 정착.
1923년	자전적 소설 3부 『나의 대학』 발표. 『러시아 순례』(1912~1923) 발표.
1925년	장편 『아르타모노프 가의 사업』, 마지막 유작이자 미완의 장편소설 『클림 삼긴의 생애』 1권 발표.
1928년	『클림 삼긴의 생애』 2권 발표.
1928~1929년	소연방 전역 여행. 이를 토대로 수필 「소비에트 연방 순례」 발표.
1930년	『클림 삼긴의 생애』 3권 발표.

1931년	소연방 귀국.
1932년	희곡「예고르 불르이초프와 다른 사람들」 발표.
1933년	희곡「도스치가예프와 다른 사람들」 발표.
1934년	아들 막심 사고로 사망. 8월 제1차 전 연방 소비에트 작가대회에서 초대 의장으로 선출됨.
1936년	6월 19일 모스크바 근교의 별장에서 사망. 사후『클림 삼긴의 생애』 4권 출판됨.